S霊園
怪談実話集

福澤徹三

角川ホラー文庫
21732

もくじ

誤変換

飲食店に勤めるIさんの話である。

三年前の初夏だった。

彼女はカフェのオープンテラスで、ひとりコーヒーを飲んでいた。

空はよく晴れていて、午後の陽射しが心地いい。コーヒーを飲みながら女友だちにメールを打っていたら、いつのまにか文章が誤変換されていて、

ココデシニマシタ

と画面に表示されている。

そんな文章を打った記憶はないし、あらかじめ予測変換に入っているとは思えない。

不審に思いつつ文章を打ちなおしたが、急に肩が重くなって背筋がぞくぞくした。

「そのときは、風邪ひいたかもって思ったんですけど――」

それをきっかけに体調がおかしくなった。

肩の重さは治らず、ときおり悪寒がするが、風邪の症状とはちがう。

心配になって病院にいくと、医師は自律神経失調症の疑いがあるといった。しかし断定はできないようで、原因はわからないままだった。

「肩こりの薬を呑んでも、ぜんぜん治らないし、軀以外もなんか変でした」

ふだんはなついていた近所の犬から吠えられる。すれちがった人物が、しきりにこっちを振りかえる。半月ほどのあいだに、そんなことが何度かあった。

女友だちに相談すると、なにかに取り憑かれているのではないかといわれたが、寺や神社でお祓いを受けるのも気が進まない。


その日の午後、Iさんは前とおなじカフェのオープンテラスでコーヒーを飲んだ。

道ゆくひとびとをぼんやり眺めていたら、ある考えが浮かんだ。

「もしかして、あの文章が予測変換に入ってたら厭だなと思って――」

それをたしかめようと、恐る恐る「ココデ」と入力した。

次の瞬間、ぶるッ、とスマホが震えてタッチパネルが暗くなった。

驚いてスマホを放りだしたが、地面に落ちる前にかろうじて受け止めた。

スマホは、なぜか電源が落ちていた。

壊れたのかと思いつつ電源を入れてみると、特に異常はない。

予測変換に「ココデ」と入力しても、あとに続く言葉はでなかった。

ほっとしてコーヒーカップを口に運んだとき、さっきまで重かった肩がすっかり軽くなっているのに気づいた。なにかが軀から抜けたように気分も明るくなった。

「そのとき使ってた機種はよく誤作動してたんで、ただの偶然かもしれないんですけど——」

それ以来、近所の犬から吠えられたり、すれちがった人物が振りかえったりすることは、ぴたりとなくなったという。

友人がいた街

保険会社に勤めるTさんの話である。

四年前の夜だった。

彼女が仕事を終えて、ひとり住まいのマンションに帰ってきたのは八時すぎだった。

コンビニ弁当の夕食を終えて、リビングでテレビを観ていたら、突然睡魔に襲われた。かつて経験したことがないほど猛烈な眠気で、ベッドにいくひまもなく意識が遠のいた。

ふと、われにかえると、Tさんは見知らぬ街を歩いていた。

時刻は昼のようで、明るい陽光があたりを照らしている。

大きな通りをはさんでビルや商店がならんでいるが、車はおろか通行人がひとりもいない。歩道沿いには見慣れたファストフードやコンビニもあるが、店内はみな空っぽだった。

あてもなく歩きながら、しだいに心細くなってきた。

これだけ大きな街なのに、人間がひとりもいないのはなぜなのか。

世の中から、ひとり取り残されたような焦りが湧いた。誰かに連絡をとろうにもスマホやバッグはなく、手ぶらである。

Tさんは不安に耐えきれずに走りだした。

だが、どこまでいっても、通りは無人のままだった。静まりかえった街に、自分の靴音だけが響く。

「誰かいませんかあッ――」

思いあまって叫んだが、返事はない。

このままでは精神に異常をきたす。そんな予感があって、ますます怖くなった。

Tさんはいくつも路地を曲がり、ひとの姿を求めて走り続けた。

やがて息があがって脇腹が痛くなったが、足を止めるのが恐ろしい。

立ち止まったら最後、この街からでられなくなる気がする。けれども体力は限界にきて、とうとう足が動かなくなった。

もうだめだと思ったとき、

「Tちゃん、Tちゃんじゃないの」

背後から女性の声がした。

振りかえると、友人のMさんが立っていた。Mさんは高校の同級生で、いまでもつきあいがある。

　Tさんはうれしさのあまり、彼女に抱きついた。だが夢のなかの出来事とあって、そのあとどうなったのか記憶にない。

　気がついたときには、Mさんのほかに Yさんという女性がいた。Yさんもやはり高校の同級生だが、彼女と逢うのは数年ぶりだった。

　三人は、しばらく路上で話をした。

　その記憶も曖昧で、会話の内容はほとんどおぼえていない。ただYさんはやけに落ちついていて、

「この街はいつもこうなの。でも、あんたたちは、じきにもどれるよ」

　そういわれて安堵したのは、はっきり記憶に残っている。

　眼が覚めると、いつのまにか朝になっていた。不思議な夢を見たと思ったが、Tさんはそういう方面に関心はない。

　職場にむかう頃には、夢を見たこともすっかり忘れていた。

　それから何日か経ったある夜、友人のMさんから電話があった。これといって用件はなく世間話をしていると、あの夢を思いだした。

　Tさんが夢の話をはじめたとたん、あッ、とMさんが声をあげて、

「あたしもその晩、あんたの夢を見た」

もっともMさんが見たのは無人の街ではなく、野原のようなさびしい場所だった。

そこをひとりでさまよっていたら、TさんとYさんにばったり逢ったという。

MさんはTさんとちがって、会話の内容はまったくおぼえていない。

だが誰もいないところを歩いていたのとYさんに逢ったのが共通している。

ふたりは奇妙な偶然を不思議がって、

「もしかしたらYちゃんも、おなじような夢を見てるかもしれないね」

そう話しあった。Yさんとはどちらも疎遠だけに、わざわざ連絡はしなかった。

しかし翌年、ほかの同級生に逢ったとき、Yさんの消息を訊くと、

「病気で亡くなってました。それがちょうど、あの夢を見た頃なんです」

いわゆる虫の知らせのような偶然が不気味だったが、日頃交流がないのに、なぜYさんは夢にあらわれたのか。

そんな疑問とともに、夢のなかのYさんが冷静だったのを思いだした。

「Yちゃんが、じきにもどれるっていったのが気になって――」

彼女はいまも、あの街にいるのではないか。

そう思ったら無人の街角が脳裏に蘇って、にわかに鳥肌が立ったという。

みずあと

美容師のKさんの話である。

九年前、彼はマンションでひとり暮らしをしていた。部屋は六階で見晴らしがいい。築年数が古いせいか住人はすくなく、1DKのわりに家賃は安かった。

といって危険な住人がいたり、過去に事件があったりしたわけではない。

だが、その部屋に住みはじめてまもなく、階下の住人から管理会社を通じて何度かクレームがあった。

「夜中にどたばた音がして、うるさいっていうんです。でも身におぼえはないし、クレームがあった時間に帰ってないことも多かったんで――」

管理会社には、そう伝えるしかなかった。その後、階下の住人は引っ越したようで、クレームはなくなった。

それから一年ほど経った夏だった。

深夜、部屋に帰ってくると、廊下や畳がぐっしょり濡れていた。

どこかが水漏れしたのかと思ったが、水回りに異常はないし、濡れかたが妙だった。

「風呂上がりで、軀を拭かずに歩いたみたいな感じなんです」

濡れた痕跡は窓の前まで点々と続いている。泥棒か不審者がベランダにひそんでいるような気がして緊張した。

けれども窓は内側から鍵がかかっているから、侵入者ではなさそうだった。

Kさんは恐る恐る鍵をはずし窓を開けたが、ベランダは暗くてよく見えない。裸足でベランダにでて床を覗きこんだ瞬間、どたどたッ、と背後で足音がした。

ぎょッとして振りかえったら、女のような人影がリビングを横切った。

タイツをかぶったように全身が真っ黒だった。

あまりのことに絶句していると、

「うあああーーッ」

長く尾をひくような女の叫び声がした。

同時に、どたどたッ、とまた足音がした。

くぐもった響きからして隣の部屋らしい。

隣とはベランダの境にある仕切り板で隔てられているから、部屋の様子は見えない。

Kさんは室内にもどる勇気もなく、ベランダにうずくまって震えていた。

ようやく部屋にもどったのは、空が白んできた頃だった。真っ黒な人影はどこにもいなかったが、廊下や畳は濡れたままだった。

Kさんは安堵しつつも不安が拭えず、ひと月と経たないうちに引っ越した。足音の正体を知ってしまったように思えたし、

「ぼくが住んでた頃、隣の部屋はずっと空室だったんです」

廊下や畳を雑巾で拭いたとき、水だと思った液体は幽かに粘りがあったという。

失踪

フリーターのUさんの話である。

十九年前、バーの従業員だった彼は、当時つきあっていた彼女と同棲していた。

彼女は看護師で、バーの客として知りあったのが交際のきっかけである。

彼女とは、おたがい将来を考えるほどの仲だったが、仕事の時間帯が異なるだけに、顔をあわせる機会がすくない。

Uさんの住まいは繁華街に近いアパートで、彼女が勤める病院にも近かった。すこしでも一緒にいられる時間を増やそうと、二年ほど前に彼女が引っ越してきた。

ところが同棲をはじめてまもなく、Uさんが勤めていたバーが経営不振で閉店した。無職になったUさんは同業者にあたったり、求人誌を読んだりして次の仕事を探した。仕事はなかなか見つからなかったが、彼女とすごせる時間は増えた。

彼女もそれがうれしかったようで、

「あわてなくても平気よ。ほんとにやりたい仕事をじっくり探したら」

Uさんはそんな言葉に甘えて、職探しはほどほどに、のんびりした毎日を楽しんだ。

といって、ただ遊んでいたわけではなく、炊事洗濯といった家事はUさんが担当した。しかし半年ほど経つと、主夫のような生活に焦りをおぼえた。このままでは将来が不安だし、彼女に生活費を負担してもらうのも心苦しい。

彼女は彼女でUさんに不満を抱いているらしく、ささいなことで口論になった。

「なんでそんなに機嫌悪いんだよ。文句があるなら、はっきりいえばいいだろ」

「文句があるのはそっちでしょう。あたしは仕事でくたくたなんだから、八つ当たりしないで」

「仕事仕事って、おれに当てつけてるのは、おまえじゃないか」

Uさんはそういいながらも職探しを続けたが、いっこうに手応えがない。

いらだちから酒量が増えて家計は逼迫し、彼女との仲はますます険悪になった。

その日、病院が日勤だった彼女は、夕方に帰ってきた。あしたは休みだというが、いつにもまして不機嫌そうで、夕食のときもほとんど口をきかない。

早い時間から晩酌をしていたUさんは、酒の勢いもあって彼女にからんだ。

「疲れてるのはわかるけど、そんな顔されたら、こっちまで気分が悪くなるんだ」

「わかった。だったら、あたしがいなきゃいいんでしょう」

彼女はいきなり立ちあがると、引き止めるまもなく部屋をでていった。

着の身着のままだけに、じきにもどってくると思ったが、朝になっても帰ってこない。まだ携帯の普及していない頃とあって連絡はつかず、彼女がどこにいるのか見当がつかない。なんとなく胸騒ぎをおぼえて、一睡もできなかった。

もっとも彼女が姿を消してから、まだ一日も経っていない。警察に捜索願をだすのも大げさだし、取りあってもらえないだろう。

彼女がようやく帰ってきたのは、その日の夜だった。服装はでていったときとおなじだったが、顔はすっかり憔悴(しょうすい)していた。

Uさんは彼女が帰ってきたのに安堵(あんど)して、

「心配させるなよ。いままでどこにいたの」

おだやかな口調で訊(き)いた。

すると彼女はかぶりを振って、

「それが――ぜんぜんおぼえてないの」

部屋をでたのはおぼえているが、そこから先の記憶がない。われにかえると駅前の路地に佇(たたず)んでいたという。

嘘をついている様子はなかったが、彼女の首には内出血とおぼしい痣(あざ)があった。

青黒い痣はロープで絞められたように細長く、首のまわりをぐるりと囲んでいる。

「その痣はどうした?」

彼女はいままで痣に気づかなかったらしく、鏡を見るなり、ぎょっとした表情になった。

「それも、おぼえてないのか」

「うん。でも痛いし息も苦しい」

自殺でもしようとしたのか。

それとも誰かに襲われたのか。

いくら問いただしても要領を得ない。男との関係も疑ったが、彼女を刺激するのが怖くて、それ以上は訊けなかった。

彼女は翌日から職場に復帰し、以前とおなじ生活がはじまった。

Uさんは釈然としなかったが、もう彼女とは揉めたくない。自分のだらしなさも反省して酒をひかえ、職探しと家事に精をだした。

その甲斐あってバイトの面接に合格した。彼女の失踪からひと月ほど経った頃で、ふたりの関係も旧に復しつつあった。

バイトに初出勤した夜、ふたりはささやかな祝杯をあげた。彼女は屈託のない笑顔で、再出発を喜んでくれた。

Uさんもひさしぶりの酒に気持がほぐれて、会話が弾んだ。けれども警戒心が薄れたせいで、あの日のことをつい口にした。

「ほんとうに、なにもおぼえてないの」

そう訊いたとたん、彼女の顔が曇った。

あわてて話題を変えたが、彼女は暗い表情のままで口数もすくなくなった。

翌日の夜、Uさんがバイトから帰ってくると、彼女はいなかった。

きょうは夜勤かと思ったら、キッチンのテーブルに便箋（びんせん）があった。便箋にはボールペンの走り書きで、

なにもおぼえてないのは
あなたのほうです

とあった。それを読んだ瞬間、わけのわからないまま背筋がゾッとした。

彼女はそれっきり、何日経っても帰ってこなかった。いつのまに荷造りしたのか、彼女の持ちものも消え失（う）せている。

不安になって勤務先の病院に電話してみると、彼女はとうに退職したという。

部屋をでていったときに辞めたのかと思ったが、退職の時期はその前だった。

彼女は、なぜ退職したのを話してくれなかったのか。

置き手紙の意味はなんなのか。考えれば考えるほど自分の記憶もあやふやになって、いいようのない不安がつのった。

真相は不明のまま、彼女が失踪して十九年がすぎた。

いま考えると、彼女がほんとうにいたのかどうかさえ自信がなくなってきた。

「おれの記憶と彼女の記憶と、どっちが正しいんだろう」

Uさんは、わたしの知人でもある友人にそうこぼしたという。Uさんは現在、彼女が以前勤めていた病院に入院している。

鳩を見た広場

タクシー運転手のOさんの話である。

四十年ほど前、彼が小学校二年のときだった。東京に住んでいる叔父を訪ねて、母とふたりで上京した。

叔父の家に何日か泊まったが、用件がなんだったのかははっきりしない。

ただOさんはもちろん、母も東京ははじめてだから、はとバスに乗って都内を観光した。けれども幼い頃とあって、バスの車内でのことや行き先はおぼえていない。

唯一記憶に残っているのは、鳩がたくさんいる広場だった。その広場で遊んでいたら、無性に悲しくなって泣きじゃくった。

心配した母に抱きかかえられて広場をあとにしたとき、なぜか大勢のひとびとに見送られている気がした。

それが誰だったのかわからないが、悲しさと切なさで胸が締めつけられた。

そのときの体験は、成長するにつれて記憶の底に埋もれていった。

当時のことを思いだしたのは、高校の修学旅行でふたたび上京したときだった。

自由行動の時間に浅草（あさくさ）の仲見世（なかみせ）を歩いていたら、

「前にも、ここにきたことがある」

鮮烈な既視感をおぼえた。同時に鳩を見た広場での記憶が蘇（よみがえ）った。


Oさんは修学旅行を終えて自宅に帰ると、あの広場はどこだったのか母に訊（たず）ねた。

「ああ、あれは靖国（やすくに）神社よ」

母がそういったとたん、わけもなく涙があふれてきた。母は眼を見張って、

「なして、また泣きよんね」

「わからんちゃ。けど、なんか悲しいけん」

洟（はな）を啜（すす）りあげていると、母は続けて、

「あんときも、あんたは変やったんよ。まわりに誰もおらんとに、兵隊さんみたいな敬礼ばして――」


敬礼などした記憶はなかったが、母が嘘をついているとは思えないし、その必要もない。


それ以来、テレビで靖国神社が映ると、あわててチャンネルを変える。新聞や雑誌でも、靖国神社の記事は飛ばして読む。

「また悲しゅうなったら厭（いや）やけんね。東京の風景見るのも怖いんよ」

そのせいで、修学旅行を最後に上京していない。

今後もしないだろうとOさんはいった。

靖国神社は白い鳩が飼われているので有名だが、Oさんの記憶にあるのは、ごくふつうの土鳩だったという。

先生踏切

会社員のAさんの話である。

中学一年のとき、彼のクラスの担任はM先生という男性教師だった。

M先生は瘦せて神経質な雰囲気で、あまり明るい性格ではなかった。けれども担当教科である数学の授業はわかりやすく、生徒にもやさしく接していたので、クラスの評判は悪くなかった。

それは、夏休みをあすにひかえた一学期の終業式のときだった。

体育館で終業式を終えたあと、Aさんたち生徒はそれぞれの教室にもどり、担任から通知表をもらい、夏休みのすごしかたについて伝達事項を聞いた。

これが終われば解散だから、生徒たちはみな浮き足立っている。

M先生も夏休みが楽しみなのか、いつになく明るい表情で喋っていた。ところが伝達事項が終わる頃になって、

「みなさんに、お話ししたいことがあります」

不意に神妙な顔つきでいった。

急にあらたまって、どうしたんだろう。

怪訝(けげん)に思っていると、M先生は背中をむけて白いチョークを手にした。

それから黒板に大きく∞という記号を書いて、

「これは英語でインフィニティ、日本語では無限大をあらわします」

いったいなんの話なのか。早く帰りたいのにと思っていたら、M先生は続けて、

「みなさんの未来は無限大です。未来はどうにでも描けます。みなさん、どうかしっかり勉強して、りっぱな大人になってください。これが、先生の最後の授業です」

M先生はそういったとたん、うつむきかげんで逃げるように教室をでていった。

Aさんは異様な言動に驚いて、ぽかんとしていた。生徒たちもざわついていたが、M先生はもどってこない。仕方なく、そのまま解散して学校をあとにした。

帰り道で同級生たちと歩きながら、M先生のことを話しあった。

「きょうのM先生、変やったな。いったい、どうしたんやろ」

「教室でるとき、涙ぐんどったの」

「おれも見た。なんで泣いとったんやろ」

AさんもM先生が泣いているように見えたが、その理由はわからなかった。

夏休みに入って数日が経った夜だった。

Aさんは自宅の居間でテレビを観ていた。電話が鳴って母が受話器をとったが、どうも様子がおかしい。

「ええッ、ほんとですか」

「でも、なんでそんなことを——」

母は電話口で動揺した声をあげている。

誰からの電話だろうと思っていたら、母は青ざめた顔で受話器を置いて、

「学校からやった。M先生が亡くなったって」

「えッ。嘘やろ」

思わず高い声をあげると母は続けて、

「あんたとこの学校の裏に踏切があるやろ。あそこから電車に飛びこんだって」

「そんな——」

ほんの数日前まで元気だったのに、どうして自殺などしたのか。にわかには信じられず、仲のよい同級生に電話した。

すると彼の家にも、いましがた学校から連絡があったという。Aさんは呆然（ぼうぜん）として、

「なら、ほんとに先生は自殺したんや」

「終業式の日、先生がいうたんやんか。これが、先生の最後の授業です、て」

「ちゅうことは、あんとき先生は、もう死ぬ覚悟を決めとったんかもしれんの」

Aさんと同級生はそう話しあった。

その年の夏休みは、なぜか楽しくなかった。M先生の自殺というショッキングな事件があったせいもあるが、ずっと悲しみに沈んでいたわけではない。

海や山へ遊びにいったし、同級生ともたくさん遊んだ。夏休みの後半になると、事件のことなどすっかり忘れていた。にもかかわらず、楽しい記憶がぜんぜんない。

夏休みが終わって同級生たちと話してみると、みんなもやはり楽しくなかったと口をそろえた。しかし、その理由は誰にもわからなかった。

それから一年近くが経った、中学二年の夏休みだった。その日、Aさんは五、六人の同級生と、学校のグラウンドで遊んでいた。

遊びに夢中になっていたら、いつのまにか陽が暮れて、あたりは暗くなっていた。

「ぼちぼち帰ろうや。あんまり遅なったら、親がやかましいけん」

誰かがそういったのをきっかけに、Aさんたちは家路についた。グラウンドをでてすこし歩くと、JRの線路と踏切がある。

そこはまさしくM先生が亡くなった踏切だったが、そのときはまったく意識しなかった。

「ああ、腹減ったのう」

「きょうの晩飯なんやろか」

Ａさんたちはそんな会話を交わしながら、ぞろぞろ歩いていった。

やがて踏切の手前までくると、懐中電灯の光が見えた。誰かが線路にいるらしく、光はぐるぐるまわっている。線路のあたりは真っ暗で、ひとの姿は確認できない。はじめは誰かが電車に合図を送っているのかと思ったが、踏切へ近づくにつれ、そうでないことがわかった。

よく見ると闇に浮かぶ光は青白く、蠟燭のようにゆらゆらと揺らいでいる。あきらかに懐中電灯の光ではない。Ａさんは首をかしげて、

「あれ、変やないか」

不審に思いつつ踏切の前まで近づくと、闇に眼を凝らした。

とたんに息を呑んだ。

蠟燭のような青白い光はぐるぐるまわっているが、それを動かしている人間がいない。踏切には誰もいないのに、なぜ光が宙に浮いているのか。得体のしれない不気味さに、ぞくりと鳥肌が立った。次の瞬間、

「うわ、怖えーッ」

誰かが悲鳴とともに駆けだした。みんなはいっせいにあとを追った。

Aさんは息を切らして走りながらも、光の正体が気になった。しばらく走ったところで恐る恐る振りかえると、あの光はまだ踏切の上をぐるぐるまわっている。

そのとき、あることに気づいた。

あの光は、ただぐるぐるまわっているのではなく、おなじ動きを繰りかえしていた。青白い光跡は8の字を横にしたように、つまり無限大の記号を描いていた。

それ以来、Aさんたちは夜の踏切には近づかないようにした。したがって、青白い光の正体はわからずじまいである。

ただ当時の仲間たちは、いまもその踏切を「先生踏切」と呼んでいるという。

カンカン女

自動車工場に勤めるIさんの話である。

七年前、彼は四階建てのアパートに住んでいた。部屋は三階で間取りは1Kである。住みはじめて半年ほど経った夏だった。

ある時期から、夜になると耳障りな靴音がするようになった。

「カンカンカンって、踵の高い靴で階段のぼってくる音です」

アパートの階段は金属製とあって、靴音はいっそう大きく響く。靴音の主は四階に住んでいる女らしいが、顔は知らない。

日中は寝ているのか、べつの靴で出入りしているのか耳障りな音は聞こえない。

Iさんも休日以外は職場にいるから影響はなかった。しかし夜になると、あたりが静かなだけに靴音が気になる。

女は夜の商売のようで、遅い時間に帰ってくる。深夜、ようやく眠りについたと思ったら、カンカンという靴音で眼を覚ましたことも何度かある。

「いったん気になりだしたら、めっちゃいらつくんです」

といって苦情をいうのも大人げない気がする。ほかの住人もうるさく感じているはずだが、隣室との交流すらないから相談できる相手はいない。

管理会社に苦情をいうべきかと思いつつ、そのままになっていた。


それは週末の夜だった。

あしたは休みとあって、Ｉさんは遅くまでゲームで遊んでいた。二時をすぎた頃、ふと空腹をおぼえた。

コンビニにいこうと思って部屋をでたら、カンカンカンといつもの靴音が一階から近づいてきた。

「どんな奴か顔を見ちゃろうと思うて――」

わざとゆっくり階段をおりたが、靴音がするばかりで誰もあがってこない。

奇妙に思って歩調を速めたが、なぜか踊り場で足が止まった。階段をおりようにも、躯がこわばって前に進めない。

踊り場で立ちすくんでいると、カンカンという靴音がすぐそばに迫った。

だが、そこには誰もいない。いったいどうなっているのかと思った瞬間、

「――なんで、そこにおるん」

耳元で女の声がした。

とたんに背筋がぞッとして、膝頭がガくがく震えた。

ふたたびカンカンと靴音が響いて、四階にあがっていった。

靴音がやむと同時に全身の力が抜けて、その場にへたりこんだ。

翌日、管理会社に電話してそれとなく訊いてみると、四階に女性は住んでおらず、靴音に関する苦情もないという。

Iさんは勤務先に頼みこんで、まもなく職場の寮に引っ越した。

「あれは自分しか聞こえんやったんかと思うたら、気色悪いけですね。それと、もうひとつ――」

女の姿は見えなかったが、耳元で声が聞こえた瞬間、脳裏にあるイメージが浮かんできた。

「キャバ嬢みたいに胸元の開いたドレス着て、派手なサンダル履いとったです――」

しかし女の顔は思いだせないという。

カップ麺のゆくえ

フリーターのRさんの話である。

二年前、大学生だった彼はアパートでひとり暮らしをしていた。

その夜、小腹がすいたので、カップ麺に湯を入れてリビングの卓袱台に置いた。

同時に尿意を催してトイレにいった。

ところが、リビングにもどってきたらカップ麺がない。

「そんなこと、あるはずないじゃないすか。頭がどうかしたんかと思うたんですけど――」

卓袱台にはカップ麺を包んでいたセロファンが残っているし、ガスコンロの上の薬缶は触れてみると熱い。

誰かが持ち去るほどの時間はないし、玄関や窓には鍵がかかっている。

もし何者かが侵入したとしても、熱い湯が入ったカップ麺を一瞬で運ぶのは困難だろう。

「それまでも、触っとらんものが落ちたり、いつのまにか蛇口から水がでとったりとか、変なことはありました。けど、いわくつきの部屋やないし――」
　その後、これといって怪異は起きなかったが、カップ麺のゆくえが知りたいという。

あにもの

清掃会社に勤めるSさんの話である。

三十五年前、彼が小学校四年の夏休みだった。その日の朝、三つ年上の兄とふたりでサイクリングにいった。

目的地は、当時住んでいた実家から一時間ほどの山あいにある貯水池だった。

貯水池へ近づくにつれて道路を行き交う車は減って、民家もまばらになった。道の両側は緑が濃い森で空気が澄んでいる。

ふたりは軽快に飛ばしたが、夏だけに陽が高くなると暑さで体力を消耗する。

「どっかで休もうよ」

Sさんの提案で、路肩の原っぱに自転車を停めた。地面に腰をおろして水筒の麦茶を飲んでいると、兄が森の奥を指さして、

「あれ見てん。あんなとこに家があるぞ」

そこには藁葺（わらぶ）き屋根の民家があった。当時でも藁葺き屋根は珍しかったから、ふたりは好奇心に駆られて、その家に近づいた。

どうやら廃屋のようで藁葺き屋根は崩れかけ、土壁は草に覆われている。

ガラスが割れた玄関の引戸からなかを覗いたが、ひとの気配はない。

「探検しようや。なんか、ええもんがあるかもしれんぞ」

兄がそういって引戸を開けた。

玄関は土を踏み固めた土間で、そのむこうに自在鉤のさがった囲炉裏がある。板張りの床はあちこちが腐っていて、うっかりすると足を踏み抜きそうだった。

雨戸は閉まっていたが、天井の破れ目から漏れる陽射しで室内はぼんやり明るい。

居間とおぼしい部屋の畳は、長い年月で風化したのか藁のようにささくれだっている。部屋の隅にはチャンネル式の古ぼけたテレビや桐箪笥がある。

さらに奥へ進むと、大きな仏壇のある座敷があった。仏壇の扉は開いていて、黒ずんだ位牌がならんでいる。

Sさんはだんだん不気味になって、

「怖いけん、もうもどろうよ」

といったが、兄は応じず仏壇を覗きこんだり、押入れを開けたりしている。

やがて兄は押入れから古びた木箱を持ってくると、陽射しで明るい場所に置いた。

木箱は二十センチくらいの大きさで縦横を紐で縛ってあり、蓋に筆文字が記されている。

ふたりはその前にしゃがみこんだ。

木箱を縛った紐はすっかり朽ちていて、指でつまむとすぐにちぎれた。

蓋の筆文字はかすれているうえに、むずかしい漢字があってよくわからない。かろうじて「兄物」と読めた。

「あにもので、なんなん」

「わからん。けど兄のものやけ、おれのもんやないんか」

兄は笑って蓋を開けた。

木箱のなかには、ボロ布を棒状に巻いたものや半月形の櫛（くし）、獣の骨らしきものが入っていた。骨のせいか饐（す）えた臭いがする。

兄は落胆した表情で蓋を閉めると、ようやく腰をあげた。


ふたりは廃屋をでてから、サイクリングの続きを楽しんだ。

家に帰ったのは午後だったが、しだいに兄の様子がおかしくなった。暗い表情でむっつり押し黙って、話しかけても返事をしない。

兄は夕食に手をつけず、早くから布団で横になっていた。心配した両親が声をかけたが、やはり反応はない。そのうち布団のなかで、うんうん唸（うな）りだした。

急病を思わせる様子に、熱を測ったら四十度近い。母はあわてて、かかりつけの医師に往診を頼んだ。

医師は日射病か夏風邪だろうといって、兄に注射を打ち薬を服ませた。

治療のおかげか、翌日になって熱はさがったが、兄の反応はあいかわらずだった。

「兄ちゃん、大丈夫？」

Sさんが訊いても返事はなく、うつろな表情で視線を宙に泳がせている。

かろうじて食事や寝起きはするが、突然おびえた表情であとずさったり、物陰に隠れたりする。父は首をひねって、

「熱のせいで頭やられたんかの」

困惑した両親は、兄を総合病院に連れていった。そこで精密検査を受けたが、病名はわからず、回復の兆しもなかった。

「もしかしたら、あの箱のせいかもしれん」

Sさんはそう思ったが、両親に叱られる気がして、なにもいえなかった。

兄の様子がおかしくなって一週間ほど経った頃、家で法事があった。

菩提寺の住職は高齢で眼が不自由とあって、若い僧侶が仏壇の前へ案内した。

Sさんは両親や叔父たちと法事にでたが、兄は自分の部屋に閉じこもっていた。

やがて住職は経を唱え終わると、膝をそろえたまま、こちらにむきなおって、

「どなたか——かぶりなさったの」

かぶるとは、なにかに祟られるという意味らしい。両親は驚いて兄の容態を伝えた。

住職は、すぐに兄を連れてくるよう命じた。兄はなぜか猛烈に抵抗したが、父や叔父たちにひきずられてきた。

住職は不自由な眼で兄を一瞥すると、

「なんばしよった。最近なんか、いらんことしたじゃろが」

兄はおびえた表情で、ぶるぶる震えている。Sさんは我慢できなくなって、廃屋にあった木箱のことを話した。

「あほがッ。そげなことするけたい」

思ったとおり父は怒声をあげたが、住職はそれを制して経を唱えはじめた。

とたんに兄は胸を掻きむしり、畳の上をのたうちまわった。固唾を呑んで見守っていると、兄は不意に白眼を剝いて倒れた。

すこし経って意識をとりもどした兄は、きょとんとした表情であたりを見まわして、

「おれ、いままでなんしよった？」

兄はすっかり正常にもどっていた。だが、いままでの記憶は曖昧で、あの廃屋や木箱のことは、まったくおぼえていなかった。

「その木箱の箱書は、兄の字に口が欠けとる。やけん喋られんごとなったとじゃ」

住職は苦笑したが、Sさんがその意味を理解したのは何年も経ってからだった。

最近になって、Sさんはネットの衛星写真であの貯水池の周囲を調べてみた。

むろん藁葺き屋根の廃屋は見つからなかったが、その一帯は心霊スポットだとネットの記事に書かれていたという。

ヤストミさん

介護福祉士のEさんの話である。

六年前、彼女はある特別養護老人ホームに常勤として就職した。当時はまだ介護福祉士の資格は持っておらずホームヘルパー二級——現在の介護職員初任者研修を取得しただけだった。

Eさんが働きはじめた老人ホームは郊外にあって建物が古く、入所者のほとんどが重度の認知症を患っていた。

特別養護老人ホーム、いわゆる特養は終身利用ができるため、施設で亡くなる入所者が多い。そのせいか職員のあいだでは怪談めいた噂がささやかれていた。

夜、亡くなったばかりの入所者が廊下に佇(たたず)んでいた。無人の食堂やトイレから、誰かが咳(せ)きこむ声がする。

ある居室は入所者が亡くなる頻度が高い。誰も前を通ってないのに正面玄関のセンサーが何度も点灯する。

そんな噂をしょっちゅう耳にした。噂だけでなく、Eさんも似たような体験をした。

「夜勤のとき、誰もいない居室からコールがあったりとか、エレベーターが勝手に動いたりとか、そういうのは何度かありました」

入所者が誤って移動しないようエレベーターは暗証番号式になっているから、職員以外は動かせないという。

「偶然だと思いますけど、オムツ交換とかトイレ誘導とか、夜中のコールってマジで集中するんですよね。そういうときに限って、容態が急変するひともいるし——」

しかしEさんは超自然的な現象は信じておらず、なにかしら科学的な原因があると思っていた。


その夜、Eさんは夜勤だった。

担当する二階は、フロアリーダーの先輩とふたりで入所者の介護をおこなう。

「巡視っていって、定期的に居室を見まわったり、ひとりで二十人以上もオムツ交換したり、朝まで忙しいんです」

ひと息つけるのは、居室からのコールが途切れたわずかな時間しかない。休憩時間はあるものの、仮眠がとれるのはまれである。

「休憩っていっても夜勤が一緒になったひとと愚痴こぼすか、世間話するか、そんな程度ですね」

深夜、ようやく手が空いたEさんは介護員室で先輩と喋っていた。ふと固定電話が鳴って、Eさんが受話器をとった。

こんな時間に誰だろうと思ったら、ざあざあと雑音が響いて、

「——Kさんはいますか」

女の低い声がした。

声質からして中年に思えた。Kさんは入所者の男性だが、老衰と重度の認知症で電話にでられる状態ではない。

Eさんは不審に思いつつ、

「あの、どちらさまでしょう」

「——のとき——だったヤストミです」

「ヤストミさん、ですか」

「から——がいます」

雑音がひどくて、女の声はよく聞きとれない。Eさんが訊きかえすと通話は切れた。

固定電話はナンバーディスプレイだから、すぐにかけなおした。

ところが、この電話番号は現在使われていないというアナウンスが流れてきた。

たったいまかかってきた番号が、なぜ使われていないのか。

Eさんが不安がっていたら、

「ただのいたずら電話よ。気にしないで」

先輩はなぜか強い口調でいった。

けれども、不安はべつの形で的中した。


明け方近く巡視にいったとき、Kさんが自分の嘔吐物で窒息しているのを発見した。常駐している看護師がただちに吸引をおこなったが、Kさんは蘇生せず、救急車で病院に搬送された。

搬送先の病院は死因の判断がつかなかったせいか警察に連絡したので、現場検証と事情聴取がおこなわれた。

Eさんは訪室した時刻や急変時の状況、処置の内容について警察官に説明した。警察官は不審死を疑っている様子はなかったが、

「ほかに気づいたことはありませんか、って訊かれたんで、つい――」

ゆうべヤストミという女性から、Kさんに電話がかかってきたことを口にした。

すると警察官は溜息をついて、

「またですか」

「――またって、どういうことでしょう」

「いや、何年か前にも、似たようなことがあったんで――」

警察官は言葉を濁して、それ以上話してくれなかった。

そばにいた先輩は黙っていたが、あとになって文句をいった。

「電話のことなんか、いわないでいいの」

「でもヤストミさんって誰なんですか」

先輩はしばらく黙っていたが、

「——昔の利用者さん」

ぶっきらぼうにいった。

Eさんはそれ以来、この世ならぬものの存在を信じるようになったという。

霊安室

これもEさんの話である。

Eさんのかつての同僚にOさんという女性がいる。Oさんはベテランの介護福祉士で、いくつもの介護施設で働いてきた。入所者を看取(みと)った経験も豊富なだけに、何度か不可解な現象に遭遇したという。

「重度の認知症で会話ができなかった利用者さんが亡くなる直前に、はっきりお礼をいったり、コールボタンが押せない利用者さんが亡くなったとき、その居室からコールが鳴ったりとか――」

Oさんが以前勤めていた特養は老朽化した施設で、地下に霊安室があった。

「いまの特養って霊安室がないところも多いんですけど、昔は霊安室の設置が義務づけられてたんです」

霊安室には仏壇と内線電話があり、室内は線香の匂いがしみついていた。地下のうえに陰気な雰囲気だから、職員たちはみな近づくのを厭(いや)がっていた。

それなのに深夜、ときどき霊安室からコールがある。誰もいないのはわかっているが、コールがあった以上、夜勤の担当者は点検せざるをえない。

「上司は内線の故障だっていってたみたいですけど、見にいくのは厭ですよね」


それはOさんが夜勤のときだった。

深夜、入所者の女性の容態が急変し、駆けつけた嘱託医が死亡を確認した。亡くなった入所者の家族からは、延命は希望せず、夜間の対応はまかせると事前にいわれていたので、遺体は霊安室に安置した。

Oさんは一連の作業を終えて、介護員室にもどった。

ずっとばたばたしていたせいで仮眠はおろか休憩もとれなかったから、いつにもまして疲れていた。

椅子にかけると、すぐに猛烈な眠気が襲ってきた。眠ってはいけないと思いつつ、しだいに目蓋(まぶた)は重くなる。

いつのまにかうとうとしていたら、電話が鳴って眼を覚ました。霊安室からのコールだとわかったとたん、背筋がぞッとした。

ただでさえ霊安室は見回りたくないのに、今夜は遺体があるから、なおさら怖い。

もうひとりの夜勤者は男性だったが、あいにく介護で席をはずしている。

Oさんは、仕方なく懐中電灯を手にして霊安室にいった。

霊安室のドアを開け、照明をつけるまでは、なにかを見てしまいそうな気がして心臓がどきどきした。

けれども遺体は何事もなく布団に横たわっている。

室内にも異常は見られない。

ほっとして部屋をでようとしたとき、線香の匂いに気づいた。

霊安室はいつも線香の匂いがするが、これほど強くはない。不審に思って室内を見まわすと、仏壇の線香立てで一本の線香が煙をあげている。

さっき霊安室に遺体を安置したとき、線香は焚かなかった。

火災防止のため、線香や蠟燭に点火するのは誰かが部屋にいるときだけだ。

だが、その線香はいま火をつけたばかりのように芯が長い。

Oさんは霊安室を飛びだすと、震える指でPHSのボタンを押して、夜勤の男性職員を呼んだ。

まもなくやってきた男性職員も線香を見て顔色を変えた。むろん誰が線香を灯したのかわからない。

一刻も早く霊安室をでたいが、線香をそのままにしておけない。といって消すのも怖い。この部屋からまたコールがあったら、もどってくる自信がない。

Oさんと男性職員は線香が消えるまで、おろおろしながら霊安室にとどまっていた。

「あとで古い日誌を調べてみたら、Oさんが勤める何年も前から、何時何分、霊安室からコールありって、いくつも書いてあったそうです」

その特養はいまもあるが、霊安室がどうなったかはわからないという。

夢のなかの男

関西の銀行に勤めるHさんの話である。

二十五年ほど前、彼が勤める支店にIさんという男性がいた。Iさんは入行して五年目の二十七歳で渉外担当だった。

性格はおとなしく仕事ぶりはまじめだったが、ある朝なぜか出勤しなかった。

Iさんはいままで無遅刻無欠勤だったから、上司や同僚が心配して自宅に電話した。けれども呼びだし音が鳴るだけで、何度かけてもつながらない。

Iさんが住んでいたのは独身寮で、銀行が投資目的で購入したワンルームマンションだった。当時はまだ携帯が普及していないから固定電話でしか連絡のとりようがない。Hさんは営業で外回りにでるとき、

「あいつ、家で倒れとるんちゃうか。ちょっと様子見てきて」

上司にそういわれてIさんの部屋に寄ってみた。玄関のチャイムを鳴らしたが、留守なのか応答はない。

「築年数は古いけど、ごくふつうのマンションですわ。ただ独身寮にするくらいやか

ら、投資としては失敗したんやと思います」

一般企業にくらべて、銀行は無断欠勤に対して過敏に反応する。無断欠勤の原因が病気や事件事故などではなく、不正で失踪した可能性があるからだ。

二十四時間連絡がとれなければ本部に報告しなければならないし、不正のチェックも必要になってくる。

上司は自分の管理能力も問われるだけにぴりぴりして、ひっきりなしに電話をかけたが、終業前になっても連絡はなかった。

「しゃあないなあ。とりあえず、あしたの朝まで待つしかないわ」

上司は困惑した表情でいった。

しかし翌朝もIさんは出勤しなかった。

痺れを切らした上司は、おれが様子を見てくる、といって外出した。

しばらくして上司から銀行に電話があって、Iさんの死を告げた。管理人に立ち会ってもらい合鍵で部屋に入ると、Iさんは室内で首を括っていたという。

やがて上司は、警察の事情聴取を終えて銀行にもどってきた。その顔は青ざめていて、遺体を発見したときの状況については語りたがらなかった。

警察は検視の結果、自殺と判断したが、遺書はなく自殺の理由はわからなかった。

それ以来、銀行側が配慮したのかIさんの部屋は空室のままだった。

それから十年が経った。

Hさんはあいかわらずおなじ支店に勤めていたが、昇進して課長代理になっていた。

その年の春、Aさんという二十代後半の男性が関東から転勤してきた。

Aさんは年齢のわりに営業成績は優秀で、今回の転勤を機に係長に昇進した。性格も明るくて職場の雰囲気にもすぐになじんだ。

ところが転勤から二か月ほど経つと、体調不良を理由に欠勤が増えてきた。そのうえ情緒不安定になって、顧客の機嫌を損ねるような発言をしたり、事務処理でミスを連発したりする。

上司や同僚たちは心配してわけを訊いたが、Aさんは自分でもわからないと嘆いている。

対処のしようがないままAさんの精神状態は悪化して、休職に近い状態になった。これ以上欠勤が続けば、退職もやむをえない。

「その頃、次長から聞いたんです。Aさんが住んでるのはあそこやて」

あそことは、十年前にIさんが原因不明の自殺を遂げた部屋である。

その部屋はずっと空室だったが、十年も経って当時を知る者がすくなくなったせいか、Aさんが転勤と同時に入居していた。

「次長はまさかと思うけど、ていうてAさんを無理やり呼びだして――」

いま住んでいる部屋で、なにか変わったことはないかと訊いた。するとAさんは、はッとした表情になって、毎晩のように怖い夢を見るといった。

夢には、決まって若い男がでてくる。男と面識はないが、先方はAさんを知っているようで、おまえは無能だから、いまの職場は勤まらないと罵ったり、支店のみんなが陰口を叩いているといったりする。

最初は気のせいだと思ったが、しだいに夢のなかの男がいっていることが事実に思えてきた。そのせいで気が滅入って、仕事が手につかなくなったという。

「その男はどんな奴やて次長が訊いたら、銀縁の眼鏡をかけてるけど、眼つきは思いだせへんていうたそうです。ただ、額にホクロがあるていうから――」

銀縁眼鏡に額のホクロは、亡くなったIさんの特徴に一致する。次長はゾッとして、そのことを支店長に伝えた。

支店長が本部に報告したのかどうかさだかでないが、それからまもなくAさんに転勤の辞令がでた。

「転勤してから逢うてませんけど、人づてに聞いたところやと、Aさんはすっかり元気になったらしいですわ」

翌年、問題の独身寮は売却されたが、いまはどうなっているのかわからないという。

五のつく日

これもHさんの話である。

銀行には通常ハイカウンターとローカウンターがある。前者は預金の入出金や振込み、税金の支払いなどをする一般的なカウンターで、処理が速いから顧客は立ったまま
だ。

後者は新規契約や融資や資産運用の相談、各種の変更手続きなど時間がかかるので、カウンターはブース形式で顧客は椅子にかける。

Hさんの職場の後輩に、Rさんという女子行員がいる。Rさんはべつの支店に勤めているが、ある時期から不可解な現象に見舞われるようになった。

その支店にはローカウンターが四つあり、それぞれのブースはパネルで仕切られている。

三時の閉店後、Rさんはローカウンターで事務処理をおこなう。

ある日、彼女がいつものように作業をしていると、隣のブースからカタカタと音が聞こえてきた。誰かがパソコンのキーボードを叩いているらしい。

もう遅い時間とあって同僚たちは先に帰って、ローカウンターには自分ひとりのはずだ。

「あれ、まだ誰かいたっけ？」

ひょいと隣を覗いたとたん、カタカタという音はやんだ。誰かがパソコンをいじった形跡はないから空耳かと思ったが、幽かに汗のような甘酸っぱい匂いがする。

「強いていえば、赤ちゃんみたいな匂いやったそうです」

Rさんは不審に思ったが、気のせいだろうと自分にいい聞かせて作業を続けた。

しかしそれ以来、おなじ現象がたびたび起きるようになった。キーボードの音がするのはいつも隣のブースで、Rさんがひとりのときに限られている。

ブースを覗くと音はやみ、汗のような甘酸っぱい匂いが漂ってくる。やはり気のせいではないと思うと怖くなったが、職業柄うかつなことは口にできない。

Rさんは誰にも相談できぬまま、一年がすぎた。その頃になっても、例の現象は続いていた。さすがに慣れて怖さは薄れたものの、不思議なことに変わりはない。

しかもRさんは、あることに気づいた。

記憶をたどってみると、例の現象が起きるのは五日、十五日、二十五日と決まって五のつく日だった。

ある夜、支店の呑み会にいったとき、仲のよい上司が隣の席になった。しばらく世間話をしていたが、酔った勢いで、つい例の現象について喋ってしまった。

Rさんは上司がなんと思うか不安になって、

「お化けとかそういうのは信じてないんで、あたしの錯覚だと思うんですけど——」

冗談めかしていった。

しかし上司は笑うでもなく、監視カメラの録画を確認してみようといった。

Rさんが勤める支店には、二十台以上の監視カメラが設置してある。不正防止の意味もあって行員がいる場所に死角はなく、当然ローカウンターも映っている。

もっとも上司は超自然的な現象ではなく、なにかしら科学的な原因があると考えていたようだった。

それからしばらく経った、ある夜だった。

残業していたRさんは、先日の上司に呼びだされた。上司によれば、監視カメラの録画を遡って五のつく日を調べてみたという。

「ローカウンターには、きみ以外なんも映ってへん。せやけど、あのブースで——」

客用の椅子が前後に動いていたという。

「うちの評判に関わるし、みんなも怖がるさかい、このことは誰にもいうたらあかん」

上司はきびしい表情でいった。

Rさんは上司から口止めされていたのに、なぜHさんにこの話を打ちあけたのか。

Hさんにその理由を訊くと、

「さあ――ぼくもそういう話したから、信じてもらえると思うたんちゃいますか」

Hさんは彼女と逢ったとき、前述の独身寮の話をしたらしい。

Rさんは、いまもその支店にいる。五のつく日には、あいかわらずカタカタ音がする。けれども、もう隣のブースを覗くのはやめたから、甘酸っぱい匂いは嗅がなくなった。ブースの椅子も動いたら怖いから、眼をむけない。

カタカタという音はずっとキーボードの音だと思っていたが、最近はそうでないような気もするという。

キュウイチサン

大学生のSさんの話である。

去年の夏休み、大学の同級生三人が彼女の部屋へ泊まりにきた。Sさんが住んでいるのは学生の入居者が多いワンルームマンションで、間取りは1Kだった。

夜、女四人で酒を呑みながら喋っていると、Tさんがスマホを脇に置いて、会話を録音しはじめた。

「ボイスレコーダーのアプリがちゃんと使えるか試したいっていって――」

四人は将来の進路や恋愛について話していたが、深夜になるとみんな酔いがまわって、その場で雑魚寝(ざこね)した。

翌朝、Sさんが眼を覚ますと、Tさんがスマホのバッテリーがなくなったから充電器を貸してくれという。

「いままでずっと録音しっぱなしで、アプリを終了するのを忘れてたみたいです」

Tさんはスマホを充電してから、ゆうべの会話を再生してみた。みんなの声は録音されていたが、置く場所が悪かったのか、ぼそぼそとした声ではっきり聞きとれない。

「なんだ。おもしろくないね」

Tさんはそういいながら早送りをして、飛ばし飛ばし再生した。けれども音質に変化はなく、みんなの声はくぐもったままだった。

「だめだ。もう消そう」

とTさんがいってスマホを手にしたとき、

「キュウイチサンッ」

不意に鮮明な男の声がした。

四人はぎょっとして顔を見あわせた。

テレビの音声が録音されたのかと思ったが、男の声が入っていたのは明け方近い時刻だった。その頃にはみんな寝ていたし、テレビも電源を切っていた。

男の声は何度再生しても、そこだけ鮮明だった。むろん誰にも聞きおぼえはない。

Tさんは気味悪がって、その場で録音を消去した。

いまだに原因はわからないが、

「あの男の声は九一三って数字をいったのか、キュウイチさんって名前をいったのか――」

Sさんはそれが気になるという。

一時間半の記憶

化粧品会社に勤めるJさんの話である。

二年前、大学生だった彼女はガールズバーでバイトをしていた。

ガールズバーはたいてい時間制で、規定の時間内は焼酎(しょうちゅう)やウイスキー、カクテルなどが呑み放題となる。時間がくれば精算するか、延長する。

たとえば一時間三千円呑み放題の店で、二時間呑めば料金は六千円だが、女の子が呑むぶんは別料金である。

当時Jさんが勤めていた店は、四十分呑み放題で二千円というシステムだった。カウンターの下には時間をチェックするために、デジタル時計が置いてある。客が来店した時間を伝票につけて、四十分が経過する前に延長するかどうかを確認する。

客層は二十代から三十代の男性が中心で、時間内に軽く呑んで帰る客が多かった。

八月のある夜、Jさんはいつものようにカウンターで接客をしていた。

カウンターのなかには彼女のほかに、二十代後半のママがいる。

週末の夜とあって店内は混みあっていたが、十時をすぎた頃から急に客足が途絶えた。ママは首をかしげて、

「なんでだろ。誰かひっぱってこようよ」

ママとJさんは店の外にでた。

路上でのキャッチ行為は禁じられているが、店の前に立っていると声をかけてくる男性も多いから、それを案内するのは問題ない。

外はやけに蒸し暑く、立っているだけで汗ばんでくる。店があるのは繁華街の中心だし、週末の夜だからもっと人通りが多いはずなのに、通行人はまばらだった。

空は雲が多いのか真っ暗で、風はなく空気はよどんでいる。外にでて二十分ほど経った頃、ひとりの男が通りかかった。

「もうお帰りですか」

ママが声をかけると男は足を止めた。

この手の店には慣れてないのか、男はおどおどした印象だったが、ママに料金を訊いてから店に入ってきた。

「茶髪のロン毛でサーファーっぽい恰好かな。歳は二十一、二くらいに見えました」

男が店にきてからまもなく、常連客のサラリーマンがふたり入ってきた。ママはそちらについて、Jさんは一見の男についた。

男は焼酎の水割りを注文したが、いまだに落ちつきがなく店内をきょろきょろ見まわしている。話しかけても、うんとかああとか曖昧な返事しかしない。

妙な客だと思っていると、男は焼酎の水割りを呑み干して、

「お勘定だっていうんです。まだ、たくさん時間ありますよっていったけど、いや、もういいですって――」

男は二千円を払って帰っていった。

店にきてから十分も経っていない。自分の接客が悪かったおぼえはないが、どうしてあんなにあわてていたのか。

疑問に思いつつ空いたグラスをさげたとき、

「あれッ」

ママが大きな声をあげた。

どうしたのかと思ったら、ママはカウンターの下の時計を指さして、

「これ、壊れたのかな」

時計の液晶は、いつのまにか十二時になっている。Jさんが自分のスマホを見たら、やはり十二時でママのスマホもそうだった。

「どうなってるんだろ。ちょっと時計見てもらってもいいですか」

ママは常連たちに声をかけた。常連たちは腕時計を見て、うわッ、と叫んだ。

「えー、嘘やろ」

「まだ一杯も呑んでないのに――」

伝票を確認すると、一見の男が店にきたのは十時二十九分で、常連客のふたりがきたのは十時半だった。

どう考えても、あれから一時間半が経ったはずがないし、そのあいだの記憶もない。ドリンクの注文は最初の一杯のままだ。

とはいえ、すべての時計がそうなっている以上、信じざるをえなかった。

常連のひとりはスマホでラジオを聴いてみたが、やはり十二時からの番組が流れているといった。

常連たちは帰りの電車がなくなるといって、あわてて席を立った。本来なら延長料金を請求すべきだが、ふたりともほとんど呑んでいないのは事実だけに二千円ずつしかもらえなかった。

常連たちが帰ったあと、いまの出来事についてママと話しあった。けれども原因はまったくわからない。

酔っぱらっていれば、時間を錯覚することも考えられるが、十時すぎから店がひまになったせいで、Jさんもママも素面(しらふ)に近い状態だった。

「ママは、一見の男を気にしてました。幽霊とはいわないけど、なんかおかしいって。

いわれてみたら、髪型とか服とか古くさい感じだったんで――」

男の髪型やファッションは、Jさんが小学生の頃に流行(はや)ったような印象だった。

ただ彼女もママも、男がどんな顔だったのか思いだせない。それ以来、その男が店にくることはなかったという。

九番の個室

広告代理店に勤めるYさんの話である。

六年ほど前、大学生だった彼女は、全国チェーンの居酒屋でバイトをしていた。

店舗があるのは、築五十年以上は経っていそうな雑居ビルだった。

外観が古びているわりに、駅から近いせいで店はそこそこ繁盛していた。店長は三十代なかばの男性でまじめな性格だったが、バイトが長続きしない。

Yさんがバイトをしていた半年間に限っても、彼女を含めて四人が辞めた。

辞めた理由はそれぞれ異なるものの、四人に共通しているのは勤務が遅番だったことだ。

遅番のバイトは閉店後、客用の個室をまわって、酔った客が残っていないか、忘れものがないかなどをチェックする。そのあと店内の片づけをして業務が終わり、一名をのぞいてバイトは帰る。

店長はレジを締めてから、当日の売上げを夜間金庫へ預け入れにいく。

残った一名は留守番で、店長がもどってきたら一緒に戸締りをして退出する。

「その留守番にあたるのが厭なんです。ちょっとのあいだですけど、広い店のなかに自分ひとりになるし、変なことがあるんで――」

　客用の個室には、ワイヤレスチャイムと呼ばれる呼びだしボタンがある。客がボタンを押すと、レジに設置してある親機に個室の番号が表示される。

　居酒屋やファミレスでよく見かけるシステムだが、それが頻繁に誤作動を起こす。営業中から閉店後まで、誰もいない個室でチャイムが鳴る。

　業者に調べさせても、特に異常は見つからず、原因はわからない。

「営業中は、ああまたかって感じですけど、ひとりで留守番してるときに鳴ったら、めっちゃ怖いです」

　誤作動といえば、入口の自動ドアもしばしば勝手に開閉する。こちらも原因不明だが、もっとも異変が多いのは九番の個室らしい。

　九番の個室は、店でいちばん広い宴会用の部屋だけに、客がいるときはにぎやかな反面、誰もいないときはがらんとして陰気である。

　その九番が無人のときに、しょっちゅうチャイムが鳴る。古参のバイトは慣れているから見にいこうとしないが、新人は急いで駆けつける。

「あたしも最初のうちは、あわてて九番にいくと誰もいないから、ぽかんとしてました」

チャイムが鳴るだけでなく、九番が無人のときに人間の声や足音を聞いた者もいる。

そうした噂が女子のバイトたちに広まるにつれ、怖がって辞める者もでてきた。

店長はそれを気遣ってか、閉店後の留守番は男子バイトにしかさせないようにした。

もっとも店の戸締りをしたあとで店長が夜間金庫へいけば、バイトが留守番する必要はないが、店長はなぜかそうしない。

「自分も怖いからじゃないかって、みんなはいってましたけど――」


その夜、Yさんは遅番で閉店まで店に残っていた。すべての客が帰ったあとレジまわりを片づけていると、チャイムが鳴った。

親機には九番と表示されているが、見にいく気がしない。そのまま作業を続けていたら、店長が満面の笑みを浮かべて歩いてきて、

「きょうはもういいから、早く帰って」

店長はYさんだけでなく、ほかのバイトにも早く帰るようにいった。留守番の男子も帰そうとするから、なにかあったのか訊くと、

「みんなには、お世話になったから。いや、ごめん。あんまり力になれなくて――」

笑顔で要領を得ないことをいう。

Yさんたちバイトは不審に思いながらも、店長を残して先に帰った。

翌日、バイトにいくと店長がいなかった。

バイト仲間によれば、店長はけさ自宅で倒れて入院したという。ゆうべは元気だっただけに、Yさんは驚いた。

後日、店長の病名は重度の脳腫瘍(のうしゅよう)で、ただちに手術が必要だと聞いて、

「だからあの晩、店長はいうことがおかしかったのかもって、みんなと話したんです」

居酒屋はべつの店の社員が応援にきて、そのまま営業を続けた。Yさんは就活で忙しくなったこともあり、まもなくバイトを辞めた。

その後、店長は無事に手術を終えたらしいが、長期のリハビリが必要とあって店に復帰したのかどうかわからない。

ただバイト仲間に聞いたところでは、店長がいなくなってから、ワイヤレスチャイムや自動ドアの誤作動は回数が減ったという。

傘をさす女

飲食店に勤めるEさんの話である。

三十年ほど前、彼は福岡の建設現場で日雇いの肉体労働をしていた。

あるとき、Dさんという男性がおなじ現場に入った。Dさんは四十がらみで二十歳以上も年上だったが、人懐っこい性格とあって、すぐに親しくなった。

言葉は標準語だから地元の人間ではない。Dさんによれば、以前は東京でトラックの運転手をしていたという。

「運転手のほうが給料よかろうもん。なして日雇いやらすると？」

Eさんが訊ねると、毎晩酒を呑むから、うっかり飲酒運転をするのが怖いと答えた。

Dさんは福岡にきてまもないのか住居がなく、即日払いの日当をもらって毎晩サウナに泊まっていた。パチンコが唯一の趣味で、ひまさえあれば打ちにいく。

Eさんもパチンコは好きだから何度も一緒に打ったが、どういうわけか雨の日は姿を見せない。

「雨の日は現場が休みやのに、なしてパチンコせんので訊いたら――」

雨が降ると持病の神経痛がひどくなるので、外にでかける気がしないという。

Dさんはパチンコで勝っても負けても呑みにいく。呑み屋で散財するうえにサウナの宿泊費も馬鹿にならないから、いつも金に困っていた。

いい歳をして家族もいない様子だが、必要以上に過去を詮索しないのが現場仕事のルールだから、そういう話はしなかった。

よく晴れた夏の夜だった。

ふたりでパチンコにいくと、Dさんは珍しく大勝ちした。さっそくDさんのおごりで呑みにいき、何軒もはしごした。

深夜になると、Eさんはだいぶ酔いがまわってきた。そろそろ帰りたかったが、Dさんは上機嫌で肩を組んできて、

「まだいいじゃないか。もっと呑もう」

強引に誘う。おごってもらっている手前、むげにはできず、もう一軒だけつきあうことにした。

ふたりで夜道を歩いていると、道路のむこうからビニール傘をさした女が歩いてきた。雨も降っていないのに、なぜ傘をさすのか。

奇妙に思っていると、女はふらふら左右に揺れながら近づいてくる。ぎくしゃくし

た足どりからして、酔っぱらっているのかもしれない。

すれちがいざまに眼をやると、髪はぼさぼさでペンキを塗ったように真っ白な顔だった。夏だというのに真っ赤なコートを着ている。

女がじろりとこっちを見た気がして、振りかえるのが怖かった。

しばらく歩いてから、恐る恐る後ろを見たら、女はもういなかった。

「なんやろう。いまの女――」

Eさんはひとりごちたが、いつのまにかDさんがいない。あたりを見まわすと、だいぶ離れた路地を歩いている。

急いで追いかけたが、Dさんは立ち止まろうともせずに、どんどん先を歩いていく。

仕方なく駆けだして、ようやく追いついた。Eさんは肩で息をしながら、

「いったい、どうしたん。なし先にいくん?」

わけを訊いたが、Dさんは答えず歩調もゆるめない。Eさんは不審に思いつつ、

「さっきの女、知りあいなん?」

Dさんはしばらく黙っていたが、ああああーッ、と嘆息するような大声をあげて、

「おれが四谷（よつや）でひいたんだよ」

ぼそりとつぶやくなり、ものすごい勢いで走っていった。

Eさんはわけがわからず、呆然（ぼうぜん）とその場に立ちつくした。

Dさんがどこへいったのか気になったが、携帯もない時代だし、サウナで寝泊まりしているから連絡のしようがない。

翌日、Dさんは現場を無断欠勤して、それきり消息がわからないという。

一万三千六百二

大学生のAさんの話である。

彼女は金縛りに遭いやすい体質で、しばしば就寝中に身動きができなくなる。けれどもとっくに慣れっこだから、さほど恐怖は感じない。寝苦しいのがせいぜいで、これといって怪異が起きるわけでもない。

金縛りに遭っても、

「ああ、またか――」

そう思うくらいで、いつしか眠ってしまうのが常だった。

ある夜、Aさんは寝苦しさに眼を覚ました。いつにもまして異様に寝苦しいが、また金縛りかと思って目蓋(まぶた)を開けた。

とたんに、ぎょッとした。

いつのまにか自分は天井の近くに浮かんでいて、ベッドが下にある。

ベッドにはもうひとりの自分が寝ているが、真っ黒い人間のようなものが軀(からだ)の上にのしかかっていた。

真っ黒いそれは両手を伸ばして、ベッドにいる自分の首を絞めている。

ベッドの自分は金縛りに遭っているらしく、苦しげに顔をゆがめるだけで、なにも抵抗していない。

このままでは殺されてしまう。

Aさんはそんな気がして、

「やめろーッ」

天井から怒鳴ったが、なぜか声にならない。うろたえながら見おろしていると、どこからか子どもたちの声が聞こえてきた。

「いちまんさんぜんろっぴゃくにー、いちまんさんぜんろっぴゃくさんー」

男の子と女の子がまじった大勢の声だった。驚いてあたりを見まわしたが、子どもの姿はどこにもない。

眼下では、いまも自分が得体のしれないものに首を絞められている。

「いちまんさんぜんろっぴゃくよんー、いちまんさんぜんろっぴゃくごー」

子どもたちの声はどんどん数を増し、何十人とも何百人ともつかない大合唱になった。なにを数えているのかわからないが、大合唱の声とともに恐怖も増していく。

「いちまんさんぜんろっぴゃくろくー、いちまんさんぜんろっぴゃくななー、いちまんさんぜんろっぴゃくはちー」

やがて耳をつんざくほどの大合唱に押し潰されるような気がして、意識が遠のいた。

しばらくして眼を覚ますと、もう窓の外が明るくなっていた。

ゆうべ見た真っ黒いものや子どもの大合唱はなんだったのか。

天井から寝ている自分を見おろした光景はやけに現実味があったが、たぶん金縛りで魘されたのだろう。

しかし洗面所にいって鏡を見た瞬間、絶句した。Aさんの首には両手で絞められたような赤痣がくっきり残っていたという。

最後の一杯

食品会社に勤めるWさんの話である。

八年ほど前、彼が行きつけだった居酒屋にYさんという男性客がいた。

Yさんは当時四十代なかばで機械メーカーに勤めていた。たまに会社の同僚と一緒にくるが、たいていはひとりだった。

Wさんとは年齢も近いうえに、おたがいその店の常連とあって、顔をあわせれば世間話をする仲だった。

もっともYさんはあまり呑まずに早い時間にひきあげるから、その店だけのつきあいだった。

ある夜、いつもの居酒屋に顔をだすと、Yさんがカウンターにいた。Wさんは隣にかけて呑みはじめたが、遅い時間になってもYさんは帰ろうとしない。

「こんな時間まで珍しいですね」

そう声をかけたら、Yさんは笑顔で、

「うん。きょうは呑みたい気分なんだ」

なにかいいことがあったのかと思ったが、わけを訊いても答えない。とはいえ上機嫌なのはたしかなようで、

「このあと、もう一軒いこうよ。おれの知ってるバーがあるんだ」

呑みに誘われたのははじめてだけにとまどったものの、断る理由もない。

ふたりで店をでてから、Yさんが知っているというバーにいった。てっきり顔なじみなのかと思ったが、従業員はそっけない態度で、Yさんと会話もしない。

「なんだ——知りあいじゃないのか」

Wさんは胸のなかでそうつぶやいた。

Yさんはこちらの心境には気づかぬらしく、あいかわらず笑顔でウイスキーのロックを立て続けにあおった。

Yさんがそんな呑みかたをするのは見たことがないから、ますます違和感をおぼえた。Yさんはすでに酔ったのか、いうこともちぐはぐで会話が嚙みあわない。

Wさんは反対に酔いが醒めてきて、

「ぼちぼち、帰りましょうか」

そう切りだすと、Yさんはあと一杯だけ呑みたいという。仕方なくうなずいたが、Yさんは次の一杯を呑んでも帰ろうとせず、

「これで最後だから、あと一杯だけ」

「いや、もう遅いから帰りましょうよ」

「これで最後だから、あと一杯だけ」

と繰りかえす。

「ほんとに、これで最後ですからね」

うんざりしつつ念を押すと、Yさんはすぐさまウイスキーのロックを注文し、たちまちそれを呑み干した。

まだ呑むといいだしそうで不安だったが、Yさんは約束どおり席を立って、ふたりぶんの勘定を払った。割り勘にしようといっても、かたくなに断る。

「それじゃ、これで――」

Yさんはバーをでるなり、そういい残して、ふらふらとネオン街に消えていった。おぼつかない足どりなのに、まだ呑みそうで心配になった。といって、これ以上つきあう気もせず、あとは追わずに帰った。

それ以来、Yさんはいつもの居酒屋にぴたりとこなくなった。

あの夜、自分が先に帰ったせいで機嫌を損ねたのかと気がかりだったが、居酒屋の店主や従業員、顔なじみの客たちも連絡先は知らなかった。

半年ほど経った夜だった。

Wさんがいつもの居酒屋で呑んでいると、見おぼえのある男性がカウンター席に坐った。誰だったのか考えていたら、

「たしか、前にもこられましたよね」

と店主が声をかけた。

その男性は、以前Yさんと一緒にきた会社の同僚だった。店主は続けて、

「Yさんはお元気ですか。しばらくお見えにならないけど――」

あれ、と男性は眉をひそめて、

「ご存じなかったですか」

Yさんは高速道路の追突事故で亡くなったという。

驚いて亡くなった日付を訊いたら、ふたりで呑みにいった翌日だった。

Wさんはあの夜のことを思いだして、いくぶん気味が悪くなった。

ふだんはあまり呑まないYさんがあんなに酔っていたのも、自分を誘ったのも不自然で、なにかしら異変を察知していたように感じられた。

もっとも追突事故だから自殺とは思えないし、事故を予想できるはずもない。

「ただ酒をおかわりするとき、これで最後だから、ってなんべんもいってたのが気になるんです」

同僚によれば、Yさんは事故の当日、体調不良を理由に会社を休んでいた。

Yさんはほんとうに病気で会社を休んだのか、車でどこへいこうとしていたのか、誰も知らないという。

辺鄙なコンビニ

タクシー運転手のCさんの話である。

十五年ほど前の夏の夜だった。

彼は当時つきあっていた彼女とドライブにいった。特にいくあてはなかったが、彼女が夜景を見たいというので山の中腹にある観光道路にいった。

観光道路からは、街の夜景がよく見える。

しばらくそこですごしたあと、山をくだるとふもとにコンビニがあった。全国チェーンの店ではなく、聞いたことのない名称だったが、それがむしろ珍しくて、

「ちょうど腹減ったし、なんか買おうや」

Cさんはコンビニの駐車場で車を停めた。山が近いうえに夏の夜とあって、コンビニの明かりにたくさんの虫が群がっている。

「うわ、気持悪ッ」

と彼女が肩をすくめた。

ガラスのドアを開けて店内に入ると、キンコンとチャイムが鳴った。レジカウンタ

ーには誰もおらず、客の姿もない。

辺鄙な立地だけにのんびりしているのだろうと思ったが、品揃えもお粗末で陳列棚には空きが多く、埃をかぶっている商品もある。

肝心な商品はすくないくせに、近くに墓地でもあるのか、やけに線香や蠟燭が多い。それだけでなく、なにかがちぐはぐだったが、違和感の原因はわからない。

「なにこの店。ろくなもんがないやん」

彼女が小声で愚痴った。

Cさんも同感だったが、べつのコンビニまでいくのも面倒で、スナック菓子と飲みものをカゴに入れてレジカウンターにいった。

けれども、あいかわらず従業員はいない。

「すいませーん」

Cさんが奥へむかって叫んだ。

とたんに、ちょっと、と彼女が尖った声をあげてCさんを肘でつついた。そっちを見たら、レジカウンターの上に鍋があって、なかにおでんの具が入っていた。

夏場もおでんを売るのかと思って鼻を近づけたら、古い油のような臭いがした。

「ここ変やわ。もうでようよ」

と彼女がいったとき、レジカウンターの奥から強い視線を感じた。そこは暗がりで眼を凝らしてもなにも見えない。が、誰かがこっちを見ている気がする。

Ｃさんはわけのわからない恐怖に駆られ、カゴをその場に置いたまま彼女の手をひいてコンビニを飛びだした。

「店のもんがたまたま留守やったんでしょうけど、とにかく気色悪かったです」


それから何年か経って、Ｃさんはタクシー運転手になった。

ある日、客を乗せて走っていると、あのコンビニの前にさしかかった。コンビニは経営者が替わったのか、全国チェーンの店になっていた。

「あんな店じゃ潰れるわな」

Ｃさんはそう思ったが、次にそこを通ったら全国チェーンのコンビニはなくなって更地になっていた。

「辺鄙な場所やけ潰れたんやと思うてました。けど最近、あのへんに住んどる年配の客に訊いたら――」

あのコンビニが建っていた場所はかつて民家で、一家心中があったという。

友だちリスト

会社員のIさんの話である。

昨年、彼女の友人だったUさんという女性が病気で亡くなった。

一周忌をすぎた先日、Uさんの母親から電話があって形見を渡したいという。

Iさんが自宅を訪れると、母親は形見として、Uさんが愛用していたネックレスをくれた。Iさんはお礼に、Uさんと遊んだときに撮ったポートレートやスナップ写真をアルバムにして渡した。

「亡くなってしばらくはショックで写真を見るのもつらかったんですけど、ようやく気持が落ちついたので――」

ふたりは生前のUさんを偲(しの)んで、長いあいだ語りあった。

三日後、Iさんがフェイスブックを見ると、どういうわけか、亡くなったUさんが友だちリストに入っていた。

「Uさんは亡くなる前、自分でフェイスブックのアカウントを削除してたんです」

フェイスブックには自分の死後も家族や友人が情報を共有できる「追悼アカウント」という設定がある。その場合は、あらかじめ「追悼アカウント管理人」を指定しておく。

管理人を指定せず、家族や友人がフェイスブックに本人の死亡を報告し、それが受理されればアカウントが削除されるという設定もある。

しかしUさんは生前の投稿を見られたくないのと、家族や友人に負担をかけたくないという理由から生前にアカウントを削除した。

「だからUさんは、友だちリストからなくなっていたのに――」

Iさんは驚いて、すぐさまUさんをリストから削除した。

そのときは、なにかのミスだろうと思った。

「でも怖がらずにリストをクリックしてみればよかった気もします。もしかしたら、なにかメッセージがあったのかも――」

ネットで調べてみると、似たような事例がいくつかあった。Iさんは念のためにフェイスブックに問いあわせたが、いまのところ回答はないという。

トイレのなか

アパレルメーカーに勤めるEさんの話である。九年前、彼女はそれまで住んでいたアパートからマンションに引っ越した。

築年数は二年で部屋は六階、間取りは1Kだった。前のアパートは建物が古いうえに生活音が気になったが、新居は防音性が高く、見晴らしがいいのが気に入った。

その部屋に住みはじめて、半月ほど経った夜だった。

翌日が休みだったEさんは、夕食のあと、のんびりテレビやビデオを観てすごした。

午前二時をまわった頃、そろそろ寝ようと思ってベッドに入ったが、なんとなく眼が冴えて眠れない。そのうち尿意を催してベッドからでた。

トイレで用を足して便座から腰を浮かせたとき、どんッ、とドアが鳴った。

Eさんは驚いて便座に腰を落とした。

いまのはノックの音に聞こえたが、自分以外に誰もいるはずがない。廊下にはまだ開封してない引っ越し荷物があるから、それが倒れたのかと思った。

ところが、ふたたび便座から腰をあげたら、どんどんッ、とドアが鳴った。こんどは明らかにノックの音だった。

Eさんはあわててドアの鍵（かぎ）をかけると、

「誰かいるのッ」

鋭い声をあげたが、応答はない。

ドアのむこうにいるのは泥棒か強盗か、それとも変質者か。

玄関のドアは鍵をかけたつもりだが、どうやって侵入したのか。部屋は六階とあって窓からは入れないはずだ。

トイレに窓はないから逃げ場はない。警察に通報しようにも、携帯はベッドの枕元に置いたままだ。

Eさんは両手をメガホンにして、

「助けてーッ」

大声をあげた。けれども、せまい個室に声がこもって外までは聞こえそうもない。

ノックの音はあれきりやんだが、外にでていく足音がしないから、侵入者はまだ部屋にいるだろう。

Eさんは恐怖におびえながら、一時間近く便座に腰かけていた。

ずっと耳を澄ませているが、ドアのむこうからはなんの物音もしない。耳をドアに押しあてても結果はおなじだった。

侵入者が部屋にいるとしても、このまま閉じ込められているのは耐えられない。

Eさんは音をたてないよう、こっそり鍵を開けるとドアノブをまわした。ドアを細めに開けて様子を窺ったが、ひとの気配はない。

逃げるなら、いまだと思った。

次の瞬間、勇気を振り絞ってトイレから飛びだした。外にでて助けを呼ぼうと、玄関まで転がるように走った。

すると玄関のドアには鍵がかかっていて、ドアチェーンもしてあった。照明をつけて室内を見まわしたが、誰かが侵入した形跡はなく、窓も内側から施錠してあった。

トイレまでもどってみると、廊下の引っ越し荷物は倒れていない。

ノックの音は空耳だったのか。

あまりにはっきりした音だっただけに空耳とは思えなかったが、ほかに考えようがない。

Eさんはようやく安堵して、ベッドに横たわった。

とたんに違和感をおぼえて跳ね起きた。

ベッドが温かい。

ついさっきまで誰かが寝ていたようなぬくもりがある。

Eさんはもう寝る気も失せて、朝になるまで部屋じゅうの明かりをつけていた。

その日、Eさんは不動産会社に連絡して、担当者を問いただした。

「あたしが住んでる部屋は、前に事件や事故があったんじゃないですか」

「そんなことはいっさいないですよ。まだ建ってから二年ですし——」

担当者の自信に満ちた声に、ノックの音やベッドの温もりは、やはり錯覚だったのだと自分にいい聞かせた。

それでもしばらくは夜中にトイレへいくのが怖かったが、怪異はなにも起きなかった。やがて隣室の住人とも親しくなって、マンションでの暮らしは楽しくなった。

けれども二年ほどで転勤になって引っ越した。

三年前、Eさんが街を歩いていると、同年代の女性から声をかけられた。

誰かと思ったら、前に住んでいたマンションの隣人だった。

「わあ、おひさしぶり」

「奇遇よね。こんなところで逢うなんて」

ふたりは笑顔であいさつをかわしたが、まだあのマンションに住んでいるのか訊くと、隣人だった女性は急に顔をこわばらせて、

「こんなこと、いわないほうがいいかもしれないけど——」

ただならぬ様子にEさんは首をかしげて、

「なんですか。教えてください」

「あなたが住んでた部屋で、去年、男のひとが変死したの。だから、すごく気味が悪くて——」

それからまもなく引っ越したという。

Eさんは動揺したせいで死因については聞き漏らしたが、その男性が亡くなっていたのはトイレのなからしい。

変死というだけで、自殺なのか病死なのかもわからない。だがそれ以来、Eさんは夜中のトイレがふたたび怖くなったという。

たき

印刷工場に勤めるDさんの話である。

十二年前、彼は当時つきあっていた彼女とアパートで同棲(どうせい)していた。

その夜、Dさんは仕事から帰る途中でコンビニに寄った。

彼女も昼間働いているから夕食はいつも遅くなる。夕食の支度がまだなら弁当でも買って帰ろうと思って、彼女の携帯に電話した。

電話はまもなくつながって、

「いまコンビニおるけど、なんか買うもんあるか」

Dさんは訊いたが、彼女は無言だった。彼女はいったいどこにいるのか、電話のむこうではごうごうと地響きのような音がする。

「おまえ、いまどこにおるんか」

「たき」

たき？　とDさんは鸚鵡(おうむ)がえしにいって、

「たきっちゃなんか。どこにおるんか」

「いまから、いく」

「こんでええ。もう帰るけ」

彼女は答えず、電話は切れた。

即座にかけなおしたが、何回かけても話し中になっている。Dさんはなんとなく胸騒ぎをおぼえて、急いでコンビニをでた。

彼女がどこにいるのかわからないが、とりあえずアパートに帰って服を着替えるつもりだった。

ところが玄関のドアを開けたら、パジャマ姿の彼女がでてきた。

Dさんはほっとしつつも腹がたって、

「おまえ、さっきどこにおったんか」

「ずっとうちにおったよ。あんたこそ、どこから電話したん?」

彼女は怪訝(けげん)な表情で訊く。

「コンビニていうたやないか」

「ううん。なんも聞こえんやった」

「嘘いえ。いまからいくっていうたやろ」

「そんなんいわんよ。あんたがどこにおるかもわからんのに」

かったという。


　彼女によれば、さっきDさんから着信があったが、雑音がひどくて声が聞きとれな
　はじめは嘘をついているのかと思ったが、風呂あがりらしく髪は濡れているし、彼女に外出していた様子はない。

　Dさんはそれでも納得がいかず、

「おまえ、さっき電話したとき、たきっていいよったけど、あれはどういう意味か」

「そんなこというてないちゃ。もしもーしってなんぼいうても返事せんけ、あきらめて電話切った」

　念のために彼女の携帯を見せてもらうと、自分からの着信履歴は一度きりで、何回もかけなおした履歴は残っていなかった。

　Dさんは宙をあおいで、

「なら、あれは誰やったんか」

「知らんよ。怖いこといわんで――」

　彼女がしだいにおびえだした。

　いま考えると、電話にでたのは彼女の声ではなかった気がしてきた。同時に、

「いまから、いく」

　と相手がいったのを思いだして、にわかに背筋が冷たくなった。

理由はまったくわからないが、ここにいてはいけない気がする。

Dさんは急いで彼女を着替えさせると、アパートをでた。そのまま近所のファミレスにいき、夜が明けるのを待った。

朝になってアパートに帰ると、部屋の前がバケツをひっくりかえしたように水浸しだったという。

事故が相次ぐ場所

二〇一七年十月、神奈川県座間市のアパートで九人もの遺体が発見された事件は記憶に新しい。

日本唯一の事故物件公示サイト「大島てる」によれば、このアパートでは過去にも事故があったらしく、年月日不詳で「心理的瑕疵あり」と記されている。

ネットで調べてみると、心理的瑕疵という投稿があったのは三年前で、二〇一七年三月には建物全体が売りにだされていたらしい。

さらに住人とおぼしい投稿には「奇妙な現象がおこり続けており、気味が悪いので早く退去致します（原文ママ）」とある。

今回の事件は二階、過去の事件は一階で起きている。ふたつの事件を結びつける必要はないが、事件が相次ぐ場所に因果関係を感じてしまうのは人間の性である。

突然私事で恐縮ながら、このところ転居を考えていて不動産サイトをしばしば見る。怪談実話を書いている身としては、あえて事故物件に住んで怪異の有無を検証すべきかもしれないが、そんな度胸はない。不動産サイトで物件を検索すると、いくつか候補を見つけたから、念のために「大島てる」で調べてみた。

その結果、どの物件も瑕疵はなかった。けれども地図をよく見ると、第一候補に考えていた物件のすぐそばに、いわくつきの建物があるのに気づいて複雑な心境になった。

いわくつきの建物とは、築三十年近い分譲賃貸マンションである。

そのマンションは四十年ほど前、建設なかばでなぜか工事が中断し、幽霊マンションと呼ばれていた。

当時中学生だったわたしは近くに住んでいたので、工事中に死亡事故があったとか、幽霊がでるから工事が中断されたとか、いくつかの噂を耳にした。

マンションは長いあいだ放置されていたが、わたしが二十代後半になった頃、工事が再開されて建物が完成した。

それから十数年が経ったある日、新聞を読んでいると、知人のAさんの名前が社会面にあった。

Aさんはある男性に重傷を負わせ、直後に自分も命を絶った。被害者の男性は搬送先の病院で死亡したという。

事件が起きたのはAさんの自宅で、そこがあの幽霊マンションだった。そのへんについては拙著『忌談』収録の「幽霊マンションの顛末」に書いたから詳細は省くが、「大島てる」を見ると、このマンションでは飛びおり自殺も起きていた。

かつて幽霊マンションと呼ばれた建物が事故物件となったのは偶然だろう。とはいえ、わたしの地元にはいわくつきの物件が数多い。

たとえば拙著『怖の日常』に収録した「三つの事故物件」でも言及したが、「大島てる」管理人の大島てるさんに「これまでで最悪の事故物件」といわしめたマンションがあり、そのすぐ近くのマンションでもミイラ化した女性三人の遺体が発見された。単なる事故物件ではなく、事故が頻発した物件は地元にどのくらいあるのか。あらためて「大島てる」で調べてみると、突出して事故の多い物件と場所があった。

あるマンションでは事故の時期は不明だが、一階と五階で病死、三階で焼身自殺、そのマンションと駐車場をはさんだマンションでは転落死が起きていた。

前者のマンションにはやはり知人が住んでいたので、三十年ほど前に建物に入ったことがある。当時から古びた建物だったが、いまネットで画像を見ると、事故があったという先入観のせいか一段と陰気に映る。

今回調べたなかで、もっとも事故が頻発していたのは、ある商業施設の周辺だった。

「大島てる」では元号で表記されていたのを西暦に変え、場所を特定できないよう詳細を伏せて記す。

二〇〇七年四月頃
立体駐車場吹き抜けに男性飛び降り死体
二〇〇七年頃
スロープ下の駐輪場横に男性変死体
二〇〇八年前後
夕方頃に八階から若い男性の飛び降り自殺
二〇一〇年頃
女性トイレで女性の首吊り（くびつ）死体
二〇一一年前後
三階室外機置き場に男性の投身自殺体

二〇一二年三月
屋上より飛び降り自殺

以上の事故はおなじ建物ではないが、いずれも百メートル以内で起きている。これだけせまい範囲で五年間に六件もの変死が起きたにもかかわらず、地元ではまったく噂になっていないのも奇妙だった。

もっとも自殺が頻発する場所としては、それほどの数ではない。最近ニュースでも報道された岐阜県の橋では、二〇〇九年から現在までに十八人が飛びおり自殺を遂げている。

県警と町は自殺の誘発を懸念して、いままで公表を控えてきたが、飛びおり自殺が相次いでいるとネットで広まったらしい。

自殺したひとびとは、欄干の上にある二メートル近いフェンスをわざわざよじのぼって川へ身を投げている。

八年間で十八人もが自殺するとは異常な数だが、これも偶然といえば偶然であって、超自然的な関わりを主張する気はない。

ただ、そういう方面に敏感な知人によれば、

「はじめから自殺しようと思うて、その場所へいくひともおるやろうけど——」

たまたまそこへいっただけで、なぜか自殺したくなる場所もあるという。

滝の帰りに

ネイルサロンを経営するKさんの話である。

十五年ほど前の夏、彼女は友人たちとドライブがてら肝試しにいった。友人は男女が半々で、車は八人乗りのミニバンだった。

目的地は山のなかの滝で、夏場の日中は涼みに訪れる観光客が多い。滝のそばには駐車場があるから近くまで車でいけるが、あたりは鬱蒼(うっそう)とした森で夜はひと気がない。滝には白蛇にまつわる伝説があり、途中の道に水子供養の地蔵がならんでいるせいか、心霊スポットともいわれている。

Kさんたちは曲がりくねった山道をのぼって駐車場に着いた。もう真夜中とあって、ほかの車は一台も停まっていない。

みんなは車をおりると滝を目指して歩きだした。渓流沿いの細い道で、外灯はないから懐中電灯で足元を照らしながら歩く。

噂で聞いたとおり、道のかたわらに水子地蔵や古びた祠(ほこら)がいくつもあって怪しい気配が漂っている。

滝のそばには水神を祀った神社がある。その鳥居をくぐって、ちいさな橋を渡ると滝が見えてきた。

滝は一ノ滝から三ノ滝まで三段にわかれ、一ノ滝の落差は三十メートルほどある。闇のなかに滝の音が轟々と響き、滝壺は夜目にも白くしぶきをあげている。

夏の夜とはいえ、山のなかは冷える。そのうえ霧状になった滝の水が肌を濡らすから、よけいに寒く感じる。

両手で肩をさすりながら歩いていたら、

「ちょっと、あれ見てッ」

女性のひとりが鋭い声をあげた。

彼女が指さすほうを見ると、滝の横にある岩だらけの崖に白いものが動いていた。懐中電灯で照らしたら、それは白装束を着た女だった。女は懐中電灯の光を気にする様子もなく、一心不乱に崖をよじのぼっている。

「あんなところで、なにしとるんやろ」

「なんかの儀式か修行かな」

男たちはそういって首をかしげた。

「気持悪いよ。もう帰ろうや」

女性たちが怖がりだしたのをしおに一行は踵をかえした。ところが橋を渡っていた

ら、男性のひとりが足を止めて、

「あの光って、なんやろ」

前方を指さした。

鳥居の上に、白くて丸い光が浮かんでいる。あたりに外灯はないし、くるときにそんなものはなかった。

奇妙に思って眼を凝らしたら、それは老人の顔だった。霧が凝ったようなぼんやりした光だが、うつろな表情がありありとわかる。

「ここにおったら、やばい。逃げようッ」

誰かが叫ぶのと同時に、全員がいっせいに駆けだした。


息せき切って駐車場に着いて車に乗りこんだが、恐怖はまださまらない。

「さっきの光、ものすご怖かったあ」

「あれ、ぜったいお爺さんの顔やったよね」

Kさんたちは口々に語りあった。

まもなく車は走りだして、Kさんはもう大丈夫だと安堵した。

車を運転していたIさんという男性はよほど怖かったのか、かなりのスピードで飛ばしている。真夜中の山道だけに対向車はこないだろうが、道路沿いには崖もあるから危険だった。

「あぶないけん、もうすこしゆっくり走ったほうがええよ」

助手席にいたBさんという男性が声をかけた。ところが車はますますスピードをあげていく。

いったいどうしたのかと思ったら、Iさんが突然前にのめってハンドルに突っ伏した。Bさんがあわててを抱き起こして、

「うわ、こいつ気絶しとる」

と叫んだ。

Bさんはさんを押しのけてブレーキを踏み、危ういところで車は停まった。

Bさんに肩を揺さぶられてIさんは意識を取りもどしたが、どうも様子がおかしい。

「おい、どうしたんか。具合悪いんか」

Bさんが訊いても、Iさんは無言でぼんやりしている。あきらかにまともな状態ではないから、Iさんを助手席に移してBさんが運転を代わった。

Iさんは助手席に坐ると、外気との温度差で曇った車の窓を手で拭いて、なぜか薄笑いを浮かべている。みんなは不気味な行動を問いただしたが、Iさんは答えない。

山をおりて自宅に帰っても、Iさんの意識は朦朧としていて正常な受け答えができない。

「息子の様子がおかしいけど、いったい、なんがあったんかね」

翌朝、Iさんの母親から友人の家に電話があった。友人がゆうべの出来事を口にすると、母親は怒って、

「そげなところにいくけんよ。みんなですぐお祓いにいきなさい」

その日の午後、Kさんたちはふたたび集合した。いまだに精神状態が不安定なIさんを連れて、お祓いをしてくれそうな神社や寺を探した。けれども事情を話すと、なぜかどこでも断られる。

四回も断られた末に、ある神社の神主がようやくお祓いを引き受けてくれた。

みんなが拝殿にあがると、初老の神主が大麻を振って祈禱をはじめた。

やがて祈禱が終わると同時に、Iさんは眼をしばたたいて、

「あれ、みんなどうしたん？　なんでここにおると？」

怪訝な表情で周囲を見まわした。

Iさんによれば、ゆうべ滝にいった帰りに山道を走っている途中から記憶がないという。ただ鳥居の上に浮かんでいた白い光は、はっきりおぼえていた。

「車を運転しよるとき、バックミラー見たら、あの爺さんの顔がついてきよったんよ。やけん、めちゃくちゃ怖なって――」

アクセルを踏みこんで車のスピードをあげたが、それから先の記憶がないという。

恐らくその時点で気を失ったのだろう。

Iさんは眼を覚ましたあと、助手席に移されたことや、窓の外を見ながら薄笑いを浮かべていたこともおぼえていなかった。

「何年か前、あの滝のそばで年寄りが首括っとるけど、あんたたちが見たのがそれかどうかはわからん」

と神主はいった。滝のそばの崖をよじのぼっていた白装束の女の正体はわからない。

Kさんの体験は以上だが、この滝ではべつの人物も似たような現象に見舞われている。それについては「S滝」と題して『幽』第十六号に掲載した。Kさんの体験に類似した箇所を以下に引用する。

Aさんたちは S滝に着いてから、バーベキューや釣りを楽しんだ。

夕方になって家路につくと、車を運転していたCさんという男性が急にスピードをあげた。険しい山のなかとあって、帰りは急なくだり坂が続くが、Cさんは六十キロを超える速度で飛ばしていく。

「Cさんは友だちの友だちで初対面やったから、度胸のあるところを見せようとしてるのかなって思いました」

Aさんは Aさんで、あまりのスピードに肝を冷やしつつも、気弱だと思われたくなくて黙っていた。

だが仲間のひとりが見かねて、

「こんなに飛ばしたらあぶねえよ。もうちょっとゆっくり走ろうや」

しかし返事がない。不審に思って様子を窺うと、Cさんはハンドルを操りながら、ぼろぼろと涙を流していた。

「どうしたんや」

「なにが悲しいんか」

仲間たちは口々に声をかけたが、Cさんはしゃくりあげている。誰かが運転を代わろうとしてもハンドルを離さない。と思ったら、

「あははははッ」

突然、Cさんが甲高い声で笑った。

異常な事態に仲間たちは混乱したが、Cさんは大声で笑い続けながらも、運転はちゃんとこなしている。

そのうちAさんも笑いがこみあげてきた。

「このひと、いったいなんなんやろうって思ったら、腹筋が痛くなってきて――」

不謹慎だと思いつつ、後部座席で腹を抱えていた。

やがてワゴン車は無事に麓に着いた。

Cさんはようやく仲間と運転を代わったが、あいかわらず様子がおかしかった。さっきまで笑っていたのに、今度はいまおりてきた山を見あげて号泣している。

「それがまたおかしくて、もう笑い死にしそうでした」


前述のKさんとちがって、同行した仲間たちは怪異を目撃しておらず、怖がってもいない。車を運転していたCさんは気を失うことなく、無事に山をおりている。

だがCさんもまた精神に異常をきたし、神社でお祓いを受けて正常にもどった。

Cさんは運転中に泣き笑いを繰りかえしたことを、まったくおぼえていなかった。

滝の帰りに車を飛ばしたり、途中から記憶をなくしたり、Kさんの体験によく似ている。

ただCさんが見たのは老人ではなく、スーツ姿の男だった。

山をくだる途中で、その男を見てから記憶が途切れたという。

一四六番

銀行に勤めるNさんの話である。

彼女の夫は自動車学校の教官だが、数年前に同僚のOさんという男性が急死した。

Oさんは、あとひと月で定年退職する予定だったが、学科教習の最中に倒れて亡くなった。死因は心不全だった。

「おれは定年したら、バイクで日本全国を旅するんや」

Oさんは口癖のようにそういっていただけに、同僚たちは気の毒に思った。

Oさんが亡くなってひと月ほど経った頃、ちょっとした異変が起きた。

自動車学校には、仮免許実技試験の合否を表示する掲示板がある。Nさんの夫の勤務先では一から二百までの数字が掲示板にならび、合格者の番号が点灯する仕組みだった。

ところが、なぜか一四六番のランプが切れてしまう。電球を換えても、まもなく切れるので業者に修理を依頼した。

業者は掲示板を入念に点検したが、どこにも異常はないという。
にもかかわらず一四六番のランプは点灯しない。
一同が首をひねっていたら、
「あーッ」
と経理の男性職員が叫んだ。
その職員によれば、亡くなったOさんの教官番号は一四六番だった。
その後、校長の指示で職員全員が参加して、お祓いがおこなわれた。
それ以来、一四六番のランプは正常にもどったという。

湿気の多い部屋

飲食店に勤めるUさんの話である。

八年前の春、彼はそれまで住んでいたアパートから歌舞伎町に近い賃貸マンションに引っ越した。当時は歌舞伎町の店で働いていたから、徒歩で通勤できるのが好都合だった。

住みはじめて二週間ほど経った頃、浴室の水はけが悪くなった。シャワーを浴びていると、湯が流れずに足元に溜まってくる。どうやら排水口が詰まっているらしい。

床にかがんで排水口の蓋を開けたとたん、ぎくりとした。

排水口に髪の毛がびっしり詰まっている。

「引っ越してまもないのに、こんなに毛が詰まるってことは、抜け毛がひどいのかと思いました」

ティッシュでそれをつまみだしたら、あきらかに自分のものとはちがう髪の毛が大量にあった。それは赤茶けて長く、女性の髪に見える。

けれどもUさんはひとり暮らしだし、まだ部屋に女性をあげたこともない。

もしかして前の住人のものかと思ったが、部屋を貸しだす前に管理会社が清掃くらいするだろう。不審に思いつつ、髪の毛をゴミ箱に捨てた。

それから何日か経ったある日、部屋の掃除をしていると、押入れの奥にプリクラが一枚落ちていた。

プリクラに写っていたのは、二十代前半に見える茶髪の女と男だった。女は笑顔でピースをしているが、男の顔は黒く塗り潰されていた。

女が前の住人かどうかはわからない。ただ茶髪からして、排水口にあった髪の毛を連想する。なぜ男の顔を塗り潰したのかもわからないが、なんとなく不快だった。

不快といえば、室内はやけに湿気が多かった。Uさんは夜の仕事だからマンションに帰ってくるのは、いつも深夜か明け方である。

気温が低い時間帯にもかかわらず、部屋に入ると空気がじめっとしている。こまめに換気をしたり、除湿剤を置いたりしても効き目がない。

「除湿剤は、すぐ水が溜まってタプタプになるんです」

初夏が近づくにつれて湿気はますますひどくなり、浴室のタイルに黒いカビが生えてきた。湿気のせいか体調がすぐれず、部屋にいると気持が沈んでくる。

職場でそうした愚痴をこぼすと、同僚の女性が眉をひそめて、

「その部屋、ぜったいおかしいよ、なんかいるんじゃない」

彼女はそういう方面にくわしくて、盛り塩をするよう勧めた。彼女によれば、小皿に盛った塩を円錐形に固めて部屋の四隅に置けという。

塩を固めるには市販されている型を使うか、クッキングペーパーを円錐状にしたものでも代用できるらしい。

Uさんは盛り塩をすることにしたが、心霊のたぐいはまったく信じていなかった。

「でも塩が湿気を吸うのかなって思ったんで――」

クッキングペーパーで型を作って塩を固めると、それを盛った小皿を部屋の四隅に置いた。

深夜、Uさんは仕事を終えてマンションに帰ってきた。帰りに客と呑んだので、だいぶ酔っていたが、部屋に入った瞬間、たちまち酔いが醒めた。

四つの盛り塩がひとつ残らず崩れて、室内に飛び散っている。

誰かが蹴飛ばしたような飛び散りかたで、床じゅうが塩まみれだった。そのくせ小皿はもとの位置にある。

玄関の鍵はかかっていたし、窓も閉まっている。どう考えても生身の人間の仕業ではないと思うと、全身に鳥肌が立った。

「やっぱり――ここにはなにかいる」

Uさんはそれからまもなく部屋を引き払って、べつのマンションに引っ越した。

通勤は不便になったが、いままでそんな現象とは縁がなかっただけに怖くて耐えられなかった。

後日、店の客からあのマンションについての噂を聞いた。

「ぼくが住む何年か前に、住人の女の子が飛びおり自殺をしたそうです。その子が住んでたのが、どの部屋かわかりませんけど——」

日本最大の歓楽街とあって、歌舞伎町周辺は事故物件が多い。

心霊スポットとして名高いテナントビルもあるし、殺人事件の現場となったホテルやマンションもすくなくない。

事故物件公示サイト「大島てる」で調べてみると、あるマンションでは詳細不明の事故物件がふたつあり、飛びおり自殺が二度も起きている。

ちなみに四月二十日の午後二時すぎ、拙著でもたびたび取りあげた百貨店ビルの屋上から、男性が飛びおりて死亡した。

このビルでは十八年ほど前にも、白昼に女性が飛びおり自殺を遂げている。

Eさんからの電話

カード会社に勤めるMさんの話である。

今年の三月の夜だった。

マンションでひとり暮らしの彼女は、ベッドのなかでスマホをいじっていた。きょうのニュースや話題のツイートを眺めていると、しだいに眠くなってきた。

スマホを枕元に置いて目蓋(まぶた)を閉じると、まもなく眠りに落ちた。


深夜、Mさんはトイレにいきたくなって眼を覚ました。

用を足してベッドにもどったら、眠気が覚めていた。

またツイートでも見ようと思ったら、スマホがない。枕元に置いたはずなのに、どこにいったのか。スマホはときどき布団に埋もれているから、ベッドのなかを探したが、見あたらない。

自分の電話番号にかけて着信音で探そうにも、べつのスマホや固定電話はない。

「寝ぼけてどこかに持っていったのかと思いました」

室内を探しまわっていたら、どこからか着信音が聞こえた。

うまい具合に誰かが電話してくれたらしい。

やけにくぐもった音だったが、それを頼りに歩いていくと、着信音はクローゼットのなかから聞こえてくる。

むろんスマホをクローゼットに入れたおぼえはない。不思議に思いつつクローゼットの扉を開けて、スマホを探した。

スマホはどういうわけか、冬物のコートのポケットに入っていた。

スマホを手にすると同時に、着信音はやんだ。こんな時間に誰からかかっていたのかと思って着信履歴を見た瞬間、ぎょっとした。

相手は去年の冬、事故で亡くなったEさんという男性だった。Eさんは恋人ではなかったが、おたがいに悩みを相談できる仲だった。Eさんの死後、彼の番号を電話帳から削除するのを忘れていた。

「そういえばEさんが亡くなる前、このコートを着て一緒に食事にいったなあと思って——」

Mさんは当時のことを思いだしてしんみりしたが、不気味でもあった。

もし電話にでていたら、誰とつながったのか。

相手はなんの用件だったのか。

「またかかってきたら、めちゃくちゃ怖いんですけど――」

Mさんは、Eさんの番号をいまだに電話帳から削除できずにいるという。

ストーカーの写真

主婦のSさんの話である。

十六年前、彼女は都内の化粧品メーカーに勤めていた。当時はひとり暮らしで、住まいはワンルームマンションだった。

職場に近いのと家賃の安さで選んだだけに、建物は古くてオートロックはなかった。不用心だが、部屋は二階だし治安のいい地域なので大丈夫だろうと思った。

そのマンションに住みはじめて、一年ほど経った夜だった。仕事から帰ってくると、玄関のドアノブにコンビニのレジ袋がさがっていた。

レジ袋のなかには、おにぎりやお茶の缶が入っている。当時の茶飲料はペットボトルではなく、缶入りが主流だった。

「おにぎりは鮭ハラミと生たらこ、お茶は緑茶で、あたしがよく買うやつだったんです」

どれも自分の好物だけに、知りあいが訪ねてきたのかと思った。けれども彼氏はいないし、いままで部屋に連れてきた友人はいない。

そもそも身近な人物なら、黙ってレジ袋をさげたりせず、電話くらいするだろう。

もしかすると、おなじ階の住人やその知りあいが部屋をまちがえた可能性がある。

「だとしたら、あとで誰かが取りにくるかもって思いました」

おなじ階の住人に確認できれば早いが、誰が住んでいるのかも知らないから、声をかけづらい。

Sさんは処分に悩み、レジ袋をいったん冷蔵庫にしまった。

しかし翌日になっても、誰も訪ねてこなかった。おにぎりの賞味期限がすぎたのを確認してから、お茶と一緒に捨てた。


それから何日か経った。

夜、仕事を終えてマンションに帰ってくると、またドアノブにレジ袋がさがっていた。レジ袋の中身は、ハム野菜サンドと玉子サンド、レモンの天然水で、やはりSさんの好物ばかりだった。

「いつも寄るコンビニで、誰かがあたしを見てるんじゃないかって――」

不安になったSさんは、べつのコンビニで買物をするようになった。

ところが半月ほど経つと、最近通うようになったコンビニのレジ袋がドアノブにさがっていた。レジ袋の中身は、Sさんがその店で買ったことがある食品や飲料水だった。もはや相手が自分をターゲットにしているのは確実で、気味が悪くなった。

犯人はいったい誰なのか。いくら考えても心あたりはない。

「あたしがコンビニで買物するのを見てて、この部屋までレジ袋を持ってきてるから、犯人は近くに住んでるような気がしました」

おなじ現象はそれからも続いた。

夜だけでなく、朝出勤しようとドアを開けたらレジ袋がさがっていたこともある。誰がやったにしろ、こんな行為は厭がらせでしかない。Sさんは腹がたってドアに貼り紙をした。

「ドアノブにレジ袋をかけるひとへ。迷惑ですからやめてください。今度やったら警察に通報します、って書いたんです」

それからレジ袋がドアノブにかけられることはなくなった。しかし安堵したのも束の間、さらに不快なことが起きた。

玄関のドアの鍵穴に得体のしれない液体が付着していたり、郵便受けにアダルト雑誌が入っていたりする。

Sさんはたまりかねて近くの交番へ相談にいったが、警察官の反応は鈍かった。

「まだ犯罪とまではいえないし、同一人物がやったかどうかもわからないっていうんです。巡回を強化しますっていうだけで、なにもしてくれませんでした」

Sさんは仕事の行き帰りやコンビニに寄ったとき、あたりに注意を配るようにした。すると不審な男がいるのに気がついた。

男は髪が長くて色白で、度の強そうな眼鏡をかけていた。歳は三十代前半くらいに見えるが、よれたスーツにTシャツを着て職業の見当がつかない。

男はSさんを尾行しているようで、コンビニや路上で何度も見かけた。

Sさんが視線をむけると、男は決まって顔をそむけて足早に立ち去る。それでストーカーは、この男だと確信した。

男を特定してからも厭がらせは続き、部屋の前に丸めたティッシュが落ちていたり、郵便受けに蛾の屍骸が入っていたりした。

Sさんは怖くて引っ越しを考えた。だが見知らぬ男のせいで、そんな負担を強いられるのは納得できない。

Sさんは毎日ちがう道を通り、コンビニもしょっちゅう変えて男から尾行されないようにした。

ある日の午後、仕事が休みだったSさんは駅前の商店街へ買物にいった。

パチンコ店の前を通りかかったら、あの男が店をでてきた。こちらには気づかない様子で、背中をむけて歩いていく。

「よーし、反対にストーカーしてやろうと思って、こっそりあとをつけました」

男は徒歩で五分ほどの距離にある木造の一軒家に入っていった。表札には××というごく平凡な苗字（みょうじ）があった。

Sさんはストーカーの自宅を知ったことで、いくぶん気持が楽になった。相手の素性がわかった以上、いざとなったら警察も動いてくれるだろう。

それからしばらくは何事もなくすぎた。

平穏な日々が続いて、Sさんはストーカーのことを忘れかけていた。

夏のある夜、ベッドで寝ていた彼女は、不意に眼を覚ました。目蓋（まぶた）を透かしてなにかが光ったような気がしたが、室内は暗かった。

どこからか風が吹いてくると思ったら、ベランダに面した窓がすこし開いている。

室内は冷房が効いているから換気のとき以外は窓を開けないし、開けたおぼえもない。枕から頭をもたげて室内を見まわした。

とたんに心臓が縮みあがった。

部屋の隅に誰かが立っている。暗くて顔は見えないが、長髪のシルエットであの男だとわかった。

Sさんは思わず悲鳴をあげた。しかし喉（のど）が詰まったようで声にならない。逃げようにも、躯(からだ)は石のようにこわばっている。

男はSさんが起きたのに気づいたせいか、じわじわと近づいてきた。

「理由はわからないけど、ぜったい殺されるって思いました」

あまりの恐怖に意識が遠のいたが、失神したら、なにをされるかわからない。

そんなおびえを感じて跳ね起きたら、どこへいったのか男の姿がない。けれども、どこかに隠れているかもしれず、下手に動いたらあぶないと思った。

Sさんはベッドのそばに置いていた携帯を手にすると、一一〇番に電話した。

まもなく制服の警察官がふたり駆けつけたが、Sさんはそのときなぜか部屋をでて、マンションの廊下で震えていたという。

「あんまり怖かったせいか、自分の行動をおぼえてないんです。そのあと警察のひとに部屋のなかを見てもらったんですが——」

室内には誰もいなかった。

Sさんはあらためてストーカーのことを警察官に説明し、あの男の苗字や風体、自宅の場所を口にした。

だが警察官はとりあってくれず、誰かが侵入した形跡もない。寝ぼけて窓を開けたのではないかという。

そんなはずはないと訴えると、警察官は困惑した表情で、

「あなたがなにを見たのかはともかく、そのひとは犯人じゃない、っていうんです」

なぜそう断定できるのか訊くと、半月ほど前、あの男は自宅で死んでいるのが発見されたと答えた。

死因を訊ねても教えてくれず、ふたりの警察官はそそくさと帰っていった。

数日後、Sさんは、あの男の自宅を見にいった。

警察官の説明には納得できなかったが、事件があったのは事実のようで、家の玄関には黄色い規制線が張られていた。

近所の店で事件について訊くと、妻子を巻き添えにした無理心中があったという。

あの男が死んでいたのなら、自分が見た人影は誰だったのか。

Sさんはわけのわからない恐怖に駆られて、べつのマンションに引っ越した。

新居での生活がはじまると、しだいに恐怖は薄れてきた。警察官がいったとおり、あの夜は寝ぼけて幻覚を見たのかもしれないと思えてきた。ところが、それでは説明のつかない出来事が起きた。

引っ越しからひと月ほど経った頃、会社の同僚の結婚披露宴があった。

「あの頃はガラケーだったし、ふだんはほとんど写真を撮らないんですけど——」

Sさんは携帯で披露宴の様子を撮影した。あとで画像フォルダを開いてみると、撮ったおぼえのない画像があった。

それは前に住んでいた部屋のベッドで寝ている、Sさん自身の顔だったという。

お斎のあと

　主婦のEさんの話である。

　Eさんが大学二年の秋、母方の祖母が亡くなった。祖母は高齢のうえに脳梗塞の後遺症で十年近く寝たきりだったから、母や親族たちの表情は落ちついていた。

「あたしがちいさい頃はお年玉をくれたりして、やさしい婆ちゃんやったんですが、病気で倒れてからは言葉が不自由になって——」

　祖母とはあまり会話した記憶がないせいもあり、さほど悲しくは感じなかった。

　祖母の通夜は母の実家に近い斎場でおこなわれた。通夜の法要が終わると、斎場の座敷でお斎がふるまわれた。

　お斎とは僧侶や参列者をもてなす法要後の会食で、天ぷらや寿司がテーブルにならんだ。親族や参列者たちはビールを酌みかわし、故人の思い出話に花を咲かせた。

　Eさんも寿司をつまんだが、

「ブリの握りがやけに脂っこくて生臭かったのはおぼえてるんですけど——」

　そこから先の記憶がない。

われにかえると、いつのまにか自分の部屋のベッドにいた。いままで寝ていたようだが、お斎のあとどうやって帰ったのか、まったくおぼえていない。

部屋をでてリビングにいくと、母がテレビの深夜番組を観ていた。あしたは祖母の葬儀だから、今夜は母の実家に泊まるはずだったのに、なぜ自宅にいるのか。

「変やなーと思うて、あたしがいままでどうしよったか母に訊いたら、なんでいま頃そんなこと訊くん、て不思議そうにいうんです」

どうも話が嚙みあわないと思ったら、通夜の晩から一週間が経っていた。

Eさんは一週間の記憶がすっぽり抜け落ちていることに驚いた。けれども母によれば、葬儀のときはふつうだったし、きょうもふだんどおり大学にいき、夕方に帰宅したという。

「あたしと晩ご飯食べたんもおぼえとらんのかね、って母はいうんですけど、ぜんぜんおぼえてなくて――」

翌日、Eさんは大学の同級生たちに自分の行動を確認した。お斎以降の記憶はまったくないにもかかわらず、ちゃんと授業にでて同級生たちと食事をしたり、一緒に帰ったりしていたらしい。

自分が知らない自分がふだんどおり日常をすごしていたと思うと、たまらなく不気味だった。しかしそれをいっても誰も信じてくれない。一時的に健忘症のような症状が起きたと解釈するしかなかった。

「でも、それから何日か経ってお風呂に入ってるとき、あれは健忘症とはちがうんじゃないかって思ったんです。なぜかというと——」

Ｅさんは小学校四年のとき、自転車で転んで膝が血まみれになるほど深い傷を負った。ずっと残っていたはずのその傷跡がすっかり消えていたという。

偶会

人材派遣会社に勤めるOさんの話である。

三年前の夏、彼女はまとまった休暇がとれたのを機に、学生時代の女友だちと二泊三日の旅行にいった。

「はじめて東京にいったんです。すごく楽しみやったから、おのぼりさん丸出しのベタな観光スポット巡りの予定たてて――」

浅草のホテルでチェックインをすませると、さっそく東京スカイツリーにいった。友人と展望台にあがってスマホで景色を撮影していたら、観光客のなかに意外な人物を発見した。

それはHさんという同い年の男性で、六年ほど前までOさんと交際していた。Hさんは大きな赤いリュックを背負って窓のむこうを眺めている。Hさんも観光にきたのかと思ったが、連れはいないようだった。

「Hさんとは、あんまりいい別れかたやなかったんです。別れたあともストーカー気味なところがあったけ、こんなところで逢(あ)うなんて厭(いや)な感じがしました」

　Oさんは彼に気づかれたくなくて、早めに東京スカイツリーをあとにした。雷門や仲見世をぶらついたあと、ホッピー通りの居酒屋に入ったが、ふとむかいの店に眼をやるとHさんが生ビールを呑んでいる。

「東京スカイツリーから、あたしを尾行してきたんかって思いました」

　Hさんはジョッキを傾けながらスマホを見ている。こちらに視線はむけないものの、ほんとうは盗み見しているのかもしれない。

　不安になって友人に事情を話すと、

「友だちは気が強い子やから、あたしが文句いうちゃろうかって。でもHさんが尾行してきたかどうかわからんし――」

　その店をでるとHさんがついてこないか気になって、たびたび背後を振りかえったが、尾行の気配はない。ふたりはアメ横で買物をしてから夕食をとり、ホテルにもどった。

　翌日は朝から築地で寿司を食べ、銀座にいった。中央通りを散歩していると、前方の雑踏のなかに大きな赤いリュックが見えた。

「まさかと思って友だちに見てきてもろうたら、やっぱりHさんでした」

　とたんにぞっとしたが、Hさんはどんどん先を歩いていくから尾行ではないような感じもした。

とはいえ、まだ安心はできない。ふたりは急いで引きかえして百貨店に入った。

「わざとランジェリー売場にいって、しばらく様子を見てました」

ここならHさんが入ってくれば、すぐにわかる。しかしHさんはあらわれない。

「ものすごい偶然やけど、ぜんぶ観光スポットやから、こんなこともあるんやろうって——」

Oさんは自分にそういい聞かせた。

翌日は渋谷の109や恵比寿ガーデンプレイスに足を延ばした。そのときには、すでにHさんのことは忘れていた。

その日の夕方、友人の希望で巣鴨にいった。

「友だちはお婆ちゃんから、とげぬき地蔵のお守りを買うてきてって頼まれてたんで——」

友だちは、とげぬき地蔵尊と呼ばれる高岩寺でお守りを買った。そのあと巣鴨地蔵通り商店街を散歩したが、友人が喉の調子が悪いといって薬局に入った。

「そしたら店の奥にHさんがいたんです」

あいかわらず大きな赤いリュックを背負ったHさんはレジでなにかを買っている。

Oさんはもちろん友人も驚いて店を飛びだすと、大急ぎでその場を離れた。

Hさんがふたりを尾行していたにせよ、先回りして薬局に入るとは考えにくい。となると、天文学的な確率の偶然が重なったとしか考えられない。

Oさんと友人は地元に帰るまで、またHさんを見かけるのではないかと不安で仕方がなかったという。

「結局Hさんと逢わんですんだけど、もし逢うとったら、なんか悪いことが起きたんやないかと思うんです」

それがなんなのかはわかりませんけど、とOさんはいった。

押入れの音

フリーターのKさんの話である。

彼はフリーターといっても年齢は四十すぎで、おもにパチンコで生計をたてている。パチンコで喰えなくなると短期のバイトをして資金を貯め、ふたたびパチンコを打つ。

Kさんは二十年ほど前からそんな生活を続けているが、当時は住まいもなくサウナやカプセルホテルで寝泊まりしていた。

両親と仲が悪かったから、よほど切羽詰まったとき以外、実家には寄りつかない。もっとも誰かに金を借りるときや派遣の仕事をするときは実家の住所を使っていた。

「それでも住所不定ちゅうのは不便やったですね。金がのうなったら、たいてい友だちの部屋に居候しとったです」

そんなある日、行きつけのパチンコ店で知りあった男から、うちのアパートに住まないかと持ちかけられた。

「そいつは女のマンションに住んどるけ、自分の部屋にはほとんど帰らんていうんです。おまえは家賃と光熱費だけ払うてくれたらええちゅうけ——」

つまり又借りだが、アパートの大家は高齢だけに少々のことでは文句をいわないらしい。家賃と光熱費を払っても、サウナやカプセルホテルに泊まるよりずいぶん安い。Kさんは渡りに船と誘いに乗って、男の部屋を見にいった。アパートは古びた木造で、お世辞にもきれいとはいえなかった。

部屋は二階でせまいうえに薄汚れていて、室内はカビ臭い。けれども電化製品や家具がそろっているから、なにも買わずに住める。

家賃と光熱費は毎月手渡しで払う約束をして、その部屋を借りることにした。

男は部屋の合鍵(あいかぎ)をKさんに渡して、

「部屋にあるもんはなんでも使うてええけど、押入れは開けんなよ。ゴミがようけ入っとるけ、開けたら部屋が臭(く)そなる」

私物といえば衣類くらいだから押入れを使う必要はない。Kさんは承諾して、その部屋に住みはじめた。

「他人の部屋でもサウナなんかとちごてプライバシーがあるけ、やっぱ住みやすかったです。しかも引っ越してから、ずっと勝ちっ放しで——」

Kさんはようやく運がむいてきたと喜んだが、いくつか気になることがあった。

深夜、部屋で寝ていると、やけに寝苦しい。その部屋に住みはじめたのは秋だから冷房を入れなくても涼しかったが、眼を覚ますたび、びっしょり寝汗をかいている。

「もうひとつは押入れですね。夜中に押入れンなかから、ガタッとかピシッとか大きな音がするけ耳障りやったです」

なぜ音がするのか気になったが、押入れは開けるなと男にいわれているし、ゴミの臭いがしたら厭だった。音の原因は建物が古いせいだろうと思った。


その部屋に住みはじめて、ひと月ほど経った夜だった。

Kさんが布団に横たわってマンガを読んでいると、
がりがりがりッ。

押入れのなかから、なにかを引っ搔くような音がした。気にすまいと思ったが、今夜はいつもと音がちがう。ネズミや虫がいるなら駆除したほうがいい。

「ちょっとだけ開けても、あいつにばれんやろうと思うて――」

恐る恐る押入れの扉を開けると、アダルトビデオやその手の雑誌がぎっしり詰まっていた。ビデオや雑誌はSMや虐待といった猟奇的なジャンルが多い。

男はこれを見られるのが恥ずかしくて、押入れを開けるなといったのかもしれない。

その証拠に男がいったような悪臭はしなかったが、音の原因はわからない。それを調べるつもりでもう一方の扉を開けたら、大きな段ボール箱があった。

段ボール箱には、女物の服や下着が詰めこまれていた。女装趣味もあるのかと思ったが、段ボール箱のなかを探ると、茶色の長い髪の毛が何本も指にからまってきた。

「なんか気色悪いけん、段ボール箱はもとにもどしました」

押入れの扉を閉めたら、いつのまにか饐えた臭いが室内に漂っていた。男がいったのはこの臭いかと思ったが、もう押入れを調べる気はしなかった。


翌日の朝、Kさんはいつものようにパチンコ店にいった。あの男も毎朝必ずやってくるのに、夜になっても顔を見せなかった。

そのときは体調を崩したのか、あるいは急用でもあったのかと思った。ところが半月ほど経っても、男は姿を見せない。

「もうじき家賃払わないけんのに、どうしたんやろと思うたです」

携帯がようやく普及しはじめた時代だったが、Kさんは持っていない。

公衆電話から男の携帯に電話しても、応答はなかった。男が住んでいるという女の部屋は知らないから、連絡のしようがない。

それからしばらくしてテレビのニュースで、あの男が逮捕されたと知った。容疑は殺人で、数年前に交際相手の女性を殺害したという。

Kさんは、あの男から部屋を又借りしているだけに気が気ではなくなった。

「うかうかしとったら、おれンとこに警察がくるかもしれん。そう思うたら、もう恐ろしなって、その日のうちに部屋をでたです」

Kさんは県外のパチンコ店に鞍替(くらが)えして、サウナ暮らしにもどった。

男は長期の刑に服したはずだが、事件の詳細やその後の消息はわからない。ただ押入れにあった女物の服や下着は、殺された女性のものとおぼしい。

「押入れの音がなんやったかわからんけど、あいつもあの部屋に住みたくないけ、おれに貸したんやないでしょうか」

現在そのアパートがあった場所には、ラブホテルが建っているという。

深夜の電話

飲食店に勤めるSさんの話である。

彼女はいまスマホを使っているが、六年前まではいわゆるガラケーだった。

ある朝、携帯の発信履歴を見たら、深夜に知らない番号にかけていた。そんな記憶はないものの、ゆうべはすこし酔っていたので、誰かに電話しようとしてまちがった番号にかけたのかと思った。

しかし何日か経って発信履歴を見ると、ぐっすり寝ていたはずの深夜にまたおなじ番号にかけている。

「あたしはそういうのにくわしくないんで、相手が電話にでたのかどうか、わからなかったんです。いっそのこと、その番号にかけてみようかと思ったけど、怖くて電話できませんでした」

それから数日が経った夜だった。

Sさんがベッドで寝ていると携帯が鳴った。

画面を見たら、あの番号が表示されている。

「いったい誰なんやろう――」

恐る恐る電話にでると相手は無言だった。

「もしもし――もしもし――」

Sさんはそう繰りかえした。

相手はなにも答えないが、幽かにおびえたような息づかいが聞こえる。

ふと電話のむこうから電車が走る音が響いてきた。同時に電話は切れた。

それ以降、不審な電話はなく、Sさんもその番号にかけることはなかった。

三年ほど前、ガラケーからスマホに買い替え、個人的な事情から電話番号も変えた。


去年Sさんは引っ越して、六年前とはべつのマンションに住んでいる。

引っ越してまもない深夜、換気のために窓を開けたら電車の音がした。

「JRの線路が近くにあるのは知ってましたけど、こんな時間に電車が走るのかって思いました」

JRの場合、深夜であっても夜行列車や貨物列車、回送列車や工事用の列車などが走るから、それは不思議ではない。

しかしSさんは、六年前の深夜にかかってきた無言電話を思いだした。

「あのときの電車の音は、いまのうちから聞こえる音に似てる気がしたんです」

無言電話の相手は誰かわからないが、当時は自分が知らないうちに相手の番号にかけていた。

「その番号はもう忘れちゃったんですけど、もしかして、いまのあたしのスマホの番号だったら——」

そのうち昔のあたしから電話があるかも、とSさんはいった。

床の傷

建設会社に勤めるJさんの話である。

四年前、大学生だった彼は東京でひとり暮らしをしていた。三階建てのワンルームマンションで建物は古かったが、駅から近いのと家賃が安いのがよかった。

ある夜、クラブのイベントでRさんという女性と知りあった。歳はJさんとおなじ二十一歳で美容師をしているという。

Jさんはだいぶ酔っていたせいもあって彼女を部屋に連れ帰り、その夜のうちに深い関係になった。

「ちょうど彼女もおらんやったし、顔はまあまあ好みやったんで、それからつきおうたんです」

数週間後、Rさんの誕生日にはふたりで小旅行へいき、ネックレスを贈った。彼女は思った以上に喜んでJさんも満足だったが、そのへんが恋愛感情のピークだった。

「その子はとにかく嫉妬（しっと）深いんです。ちょっと逢（あ）わんやっただけで、まさか浮気してないよねとか、ほんとは女がいるんでしょとか、しつこく訊（き）いてくるんです」

Rさんは感情の起伏も烈しく、わけもなく激高したり泣きだしたりする。そのせいで交際が負担になってきたが、そんな気持に反比例してRさんからの連絡は急増した。すこしでも電話にでなかったらメールやラインが次々にくる。返信が億劫になって放っておくと、その数はさらに増える。

「愛してるならチャンとゆって…連絡くれないのゎダメ。まる1日もシカトするとか、ありえなくない？？？」

「Jくんゎ結局ヤリ目だったの？　それってサイテー…絶対許さない。死ぬまで怨んでやるΣ(QДo、怒)」

そんなメールがきたと思うと一転して、

「さっきゎごめん(v_^)　わたしの事ぅざいよね？　ぅざいならぅざいってゆって…」

「Jくんダイスキ… lovë゜.:｡(*-ω-)-ω-*)｡:.゜lovëアイしてる…」

文章や顔文字はこのままではないが、Jさんによれば、ほぼこんな雰囲気だという。美容師は多忙なはずなのに、これほど頻繁にメールやラインを送るひまがあるのか。

Rさんに電話でそれを訊いたら、

「もう辞めたよ。いわなかったっけ」

あっけらかんとして答えた。

そもそも美容師のわりに専門的な知識にうといし、ところどころ話のつじつまがあわない。どうやら最初から無職だったらしい。

Jさんはますますうんざりしたが、別れを切りだすのが怖い。勉強やバイトが忙しいとか体調が悪いとかごまかして、逢うのを避けていた。

するとRさんはいきなり部屋を訪ねてくるようになった。古いマンションだけにオートロックはなく居留守を使いづらい。

しぶしぶドアを開けると、Rさんは玄関を覗きこんで、まず女物の靴がないか眼を光らせる。そのあと部屋にあがりこんできて室内を点検し、女の気配がないとわかったら、急にべったり甘えてくる。

「一緒に暮らしたいていうけど、もう顔を見るのも厭やったです」

ある夜、Rさんは連絡もなく急に部屋を訪ねてきた。ちょうど大学の課題に取り組んでいたせいで頭に血がのぼり、思いきって別れを告げた。

どんな反応を示すか気がかりだったが、予想に反して彼女は取り乱さず、

「そうなんだ。あたしが悪かったんだよね。でも、いままでありがとう」

拍子抜けするほど、あっさり帰っていった。

Jさんは彼女と無事に別れられたことに胸を撫でおろしたが、何日か経って郵便受けに手紙が入っていた。

封筒の裏にはなぜかインクでにじんだRさんの名前が記されていた。彼女がまた部屋にきただけでも気味が悪いが、いったいなんの用なのか。

恐る恐る封筒を開けると、花柄の便箋に丸っこい文字で「Jくんがくれたもの(*^o^*)」と題名があった。

その下には誕生日に贈ったネックレスから彼女にあげた本やマンガ、ファミレスでおごった食事、コンビニで買ったおにぎりやパン、自販機で買った缶ジュースといったささいなものまでが日付とともに箇条書きしてあった。そしてその文末に、

「ずっと待ってたのに…最後にもう一度だけアイたかった…これから死にます…」

Jさんはぎょッとして彼女に電話した。

どうせおどしだと思ったが、もしものことがあったら取りかえしがつかない。

しかし電話はつながらず、メールやラインを送っても返信はなかった。

その頃になってJさんは彼女のことをなにも知らないのに気づいた。

美容師は嘘だったし、自宅は世田谷で両親と住んでいるといったが、それもほんとうかどうかわからない。

「いま考えたら、名前や歳も嘘やったかもしれません」

真相はわからないものの、Rさんとはそれきり縁が切れた。けれども新たな不安がJさんを見舞った。

Rさんの手紙をもらった直後から異様に肩が重くなり、胃の調子が悪くなった。さらに毎晩のように悪夢に魘(うな)され、金縛りに遭う。

幽霊のたぐいは見なかったが、悪夢には決まってRさんがあらわれた。

「もしかしたら、あいつはマジ死んで祟(たた)られとるんやないかと思うて――」

親しい同級生に相談すると、東北に住んでいる彼の祖母がそういう方面に詳しいらしい。

Jさんは藁(わら)にもすがる思いで同級生と東北へいき、彼の祖母に事情を説明した。

「あいつは死んでないていわれたです。でも、あんたにはそのひとの生霊が憑(つ)いとるけ、お祓(はら)いせないかんていうて――」

お祓いをしてもらうと、いままでの体調不良が嘘のように軀(からだ)が軽くなった。

それ以来、悪夢や金縛りもぴたりとおさまり、平穏な日々がもどってきた。

やがてJさんはいまの職場に就職が内定し、大学卒業後は地元に帰ることになった。

引っ越しの当日、不動産会社の社員による室内点検がおこなわれた。その際に室内の破損や汚れがあれば原状回復費を請求されるから、いくらかかるか心配だったが、引っ越し作業に追われて掃除をするひまがなかった。

立ち会いにきた男性社員は室内を見てまわってから床の隅を指さして、

「これはご入居後の傷ですね」

そこには入居してからずっと本棚を置いてあったが、運びだすとき傷がついたのか。

フローリングの床に眼を凝らすと、カッターで彫ったようないびつな傷がある。

それが文字だとわかった瞬間、Jさんは絶句した。

呪

むろん自分で彫るわけがなく、こんなことをする人物はひとりしかいない。

「あいつの仕業にちがいないけど、いつのまに彫ったんかわかりません」

Jさんは彼女のことを思いだすたび、いまでも得体のしれない恐怖を感じるという。

おばけ

タクシー運転手のＩさんの話である。

二十年ほど前の夏だった。

その夜、彼が繁華街を流していると二十代後半くらいの女性客を拾った。

水商売風の恰好（かっこう）からしてどうせ近距離だろうと思ったら、行き先は四十キロほど離れた辺鄙（へんぴ）な場所で、いわゆるロングの客だった。

「やった。おばけや、て喜びました」

Ｉさんの仲間内では、夜中に乗ってくるロングの客をそう呼んでいた。

ロングでも一般道だと時間を喰（く）うぶん次の客が拾えないが、女性は高速に乗っていいというから上客である。Ｉさんはつい饒舌（じょうぜつ）になって女性にあれこれ話しかけた。

「あんまり喋（しゃべ）らんひとやったけど、身内の法事があるけ、実家に帰るていうとったです」

やがてタクシーは目的地に近づいた。

あたりは田畑や森ばかりで、人家は数えるほどしかない。外灯のない道には歩行者はもちろん対向車も後続車もなく、真っ暗な闇が前方に広がっている。

「ここでいいです」

ふと後部座席から女性の声がした。

Iさんがタクシーを停めたのは、瓦葺き(かわらぶき)の古びた民家の前だった。

玄関の引戸に忌中の貼り紙がある。

「法事ていうとったけど誰かが死んだんてわかって、ちょっと怖なったです。これで客が消えとったら、どうしようと思うて――」

恐る恐るルームミラーに眼をやると、女性は当然のように後部座席にいた。

女性は料金を払って車をおりると、その家に入っていった。

Iさんはほっとしてタクシーを走らせた。

ところがしばらく走っても、もときた道にもどれない。あたりは人家もまばらだから迷うはずもないのに、どういうわけか忌中の貼り紙がある民家の前にもどってきてしまう。

それだけでなく、後部座席に誰かがいるような気配があって背筋がぞくぞくする。

二十年ほど前とあって、Iさんのタクシーにカーナビはない。何度も地図を確認すると慎重に車を走らせて、ようやく地元に帰ることができた。

翌日、仕事は休みだったが、目覚めたときから体調が悪かった。布団をでたとたん、めまいがして足元がふらつく。

念のために病院にいくと、医師の診断は脳梗塞(のうこうそく)だった。幸い症状は軽かったから短期間の入院ですんだ。

あの夜、道に迷ったり異様な気配を感じたりしたのは脳梗塞の前兆だったのかと思った。が、すこし前の健康診断ではなんの異常もなかっただけに納得がいかない。

「おれがあんとき乗せたんは、やっぱりおばけやないでしょうか」

黒い縦線

証券会社に勤めるNさんの話である。

三年前、彼女はそれまで住んでいたアパートから賃貸マンションに引っ越した。そのマンションは築年数が浅く、部屋の間取りも広くて快適だった。

引っ越しからふた月ほど経ったある夜、Nさんは十一時すぎにベッドに入った。しばらくスマホをいじっていたが、やがて目蓋(まぶた)が重くなった。

どのくらい眠ったのか、チャイムの音で眼が覚めた。スマホの時計を見たら、午前二時だった。

「こんな時間に誰やろう」

不審に思いつつリビングにいった。

インターホンの画面を見ると、薄暗い廊下には誰もいない。Nさんは念のためにインターホンの応答ボタンを押して、

「なんですか――」

と訊(き)いたが、なにも返事はなかった。

エントランスのドアはオートロックだから来訪者はテンキーに部屋番号を入力し、こちらがロックを解除すると建物内に入れる。けれどもチャイムは一度しか鳴っておらず、エントランスのドアロックは解除していない。

ということは、おなじマンションの住人かもしれない。ふつうに考えれば子どものいたずらだが、こんな夜更けに遊んでいる子どもはいないだろう。

ただ画面を見たとき、ちらちらと黒い縦線が見えたからインターホンの誤作動かと思った。ところがその夜を境に、ときどきチャイムが鳴るようになった。

時刻は決まって午前二時くらいで、インターホンの画面を見ると誰もいない。最初のときとおなじように黒い縦線が見えることもあるし、なにも見えないこともある。いずれにせよチャイムが鳴るたび眼が覚めて、それからはしばらく眠れなくなる。

困ったNさんは管理会社に連絡してインターホンを調べてもらったが、どこにも異常はないという。

その夜、Nさんは会社の同僚たちと呑み会があって終電で帰宅した。化粧を落としてシャワーを浴びたあとベッドに入ろうとしたら、チャイムが鳴った。

「またかあ――」

Nさんはひとりごちてリビングにいった。インターホンの画面には、やはり誰も映っておらず、ちらちらと黒い縦線が見える。

ふだんならそのままベッドにひきかえすが、その夜は酔っているせいで無性に腹が立った。

次の瞬間、Nさんはサンダルを突っかけるとドアの鍵を開けて玄関の外にでた。

次の瞬間、頭から冷水を浴びたような感触があって、全身の毛が逆立った。とっさに上を見たら、天井から白い着物姿の女が逆さにぶらさがっていた。

女は青白い顔で両腕をだらりとさげ、ざんばらの長い髪が床まで垂れている。

インターホンの画面で黒い縦線だと思っていたのは、この女の髪の毛だった。

Nさんは生まれてはじめて腰が抜け、床にへたりこんだ。そのときにはもう女は消えていたが、這うようにして部屋に入り、窓の外が明るくなるまで震えていた。

そのマンションになんらかのいわくがあったのかどうかわからない。ただNさんは、それからまもなく引っ越したという。

清掃員

関西の印刷会社に勤めるCさんの話である。

十年ほど前の夏、彼は取引先との商談でF市にいった。F市ではいつもおなじホテルに泊まっていたが、今回は急な出張のせいで予約がとれなかった。べつのホテルをネットで検索すると、宿泊日は週末とあってどこも満室だった。空き部屋のあるホテルは料金が高くて経費で落とせない。どうせ一泊だからカプセルホテルか漫画喫茶に泊まろうかと思っていたら、格安のホテルを見つけた。ネットの写真を見る限り、外観や室内はきれいだし駅前だから交通の便もいい。まごまごしていたら満室になるかもしれない。

Cさんは急いでそのホテルを予約した。

出張当日、F市に着いたCさんは予約したホテルにいった。

ホテルはネットで見た写真にくらべて、外観も内装もだいぶ古びていた。ロビーはがらんとしてひと気がない。立地も料金も申しぶんないうえに、きょうは週末である。

「なんで、こんなに客がすくないんやろ」

怪訝に思ったが、フロントの従業員はふつうに対応してくれた。

チェックインをすませて部屋にいくと、室内はやはりネットの写真よりもみすぼらしかった。冷房の効きも悪く、空気が重く湿っている。とはいえ、ひと晩寝るだけだから問題ない。

Cさんは部屋に荷物を置いて取引先にむかった。

商談のあと先方の社員と夕食がてら軽く呑み、ホテルにもどったのは十一時頃だった。蒸し暑い夜で、先方と別れてすこし歩いただけなのに汗で全身がべたべたする。

シャワーを浴びようと浴室に入ったら、夏場のせいか下水の臭いがした。浴室はそれまで一度も使っていないのに、ユニットバスが濡れているのが気になった。

熱い湯で汗を流してから備え付けの浴衣に着替え、テレビを観た。ふだんは肩凝りなどしないのに首筋と肩が異様に重く、軀の節々がだるい。冷房の効きが悪いのはあいかわらずだが、すうすうと背筋が寒くなる。

「夏風邪でもひいたんかな」

テレビを消すと照明を暗くしてベッドに横たわった。

あすは仕事が休みだから早起きしなくてもいいが、二時をすぎても眠れない。あたりは物音ひとつなく、しんと静まりかえっている。深夜といっても駅前だけに、車の音くらい聞こえそうなものだ。首筋と肩の重さはいっこうに治らず、背筋も寒い。

掛け布団にくるまって何度も寝返りを打っていたら、

「あっははは――」

急に笑い声がした。驚いてベッドに半身を起こすと、いつのまにかテレビがついていて、古い映画かドラマのような粒子の粗い映像が流れている。

Cさんは不思議に思うより腹がたって、

「なに勝手についてんねん」

ベッドをでるとリモコンでテレビを消した。

ベッドにもどって十分ほど経って、またテレビがついた。

画面には誰ともしれない女の顔がアップになっている。それが不気味に思えて、ふたたびリモコンで電源を切った。

「よその部屋のリモコンが反応してるんかな」

Cさんは首をかしげてベッドにもどった。

すると今度は浴室から、ぴちゃぴちゃと水音が聞こえてきた。

照明を明るくして浴室を覗（のぞ）くと、シャワーヘッドから水がしたたっている。水栓のハンドルを締めたら水は止まったが、さっきまで水音はしなかった。シャワーを浴びたときに水栓の締めかたがゆるかったのなら、ずっと水音がしていたはずだ。

「でも水圧でゆるんだんかもしれん」

そう解釈して照明を落としたとたん、窓のカーテンが突然ぶわっとひるがえった。これだけ空調の風のせいだと自分にいい聞かせたが、風にむらがあるとは思えない。

異変が続いたせいで、さすがに怖くなった。

「厭やなあ。またなにかあったら、どないしょう」

Cさんはベッドにもぐりこんだまま身構えていた。が、しばらく経っても異変がないのに安堵して、ようやく眠りに落ちた。


どのくらい眠ったのか、ノックの音で眼が覚めた。

返事をする前にがちゃりとドアが開く音がして、清掃員の女が部屋に入ってきた。歳は四十くらいで痩せて背が低い。カーテンの隙間から朝の光が漏れている。

もうチェックアウトの時間をすぎたのかと思ってベッドサイドの時計を見たら、まだ七時だった。女はCさんがいるのに気づいていないようで、室内をずかずか歩きまわっている。

「ちょっと、なにしてんねん」

枕から頭をもたげて尖った声をあげた。女はようやくこっちを見て、

「ハタコシレ　タデワコハン　シアダダナ」

早口でわけのわからないことをいった。

女は外国人らしく会話が通じなかったが、まもなく部屋をでていった。ゆうべは遅くまで起きていたせいで目蓋が重く、目覚ましをかけてふたたび眠った。

それから三時間ほど経って目覚ましのアラームで眼を覚ました。

Cさんは身支度をして部屋をでると、一階のフロントにいった。チェックアウトをすませたあと、けさの清掃員のことを思いだした。クレームをつけるつもりはなかったが、早くから起こされて迷惑したのは事実だから、いちおう伝えておこうと思った。

「けさ部屋で寝とったら清掃員が急に入ってきて、びっくりしたわ」

Cさんがそういうと、従業員の男は首をかしげて時刻を訊いた。七時だと答えたら、

「その時間に、お部屋の清掃に入ることはないのですが——」

「でも入ってきたんや。外国人の女が」

女の風体を説明したら、従業員の男はなぜか気まずい表情になって、

「現在そのような清掃係はおりません」

女は白っぽい服を着ていたから清掃員だと思ったが、よく考えたら頭巾やエプロンはしていなかった。ほんなら、とCさんはいって、

「あれは誰なんやろ。もしかして泥棒かいな」

従業員の男はそれには答えず、恐縮した表情で頭をさげた。男は事情を知っている様子だったが、なにも訊かずにホテルをあとにした。

「訊いても答えんやったでしょう。そんな顔つきでしたわ」

後日、Cさんはまた F市に出張したが、むろんべつのホテルにチェックインした。

あのホテルでの不可解な体験を酒席で口にすると、取引先の社員は笑って、

「地元の人間はたいてい知ってます。あそこに泊まるからですよ」

こともなげにそういわれたという。

ブランド品の指輪

主婦のKさんの話である。

六年前、Kさんはネットオークションで指輪を買った。十八金のブランド品で前から欲しかったが、正規品は高くて手がでない。その指輪は個人出品で新品同様なのに破格の値段だった。出品者の評価もいいから急いで落札した。

ところが送られてきた指輪は新品同様どころか、わずかに歪(ゆが)んでいる。それだけならまだしもリングの裏側に「2011.1.14　RtoK」と刻印があった。

中古品だから前の所有者がいるのは当然としても、刻印まであっては身につける気がしない。指輪を贈られた相手のイニシャルが自分とおなじKなのも不快だった。

クレームをつけて返品しようかと思った。けれども商品説明には「返品不可。ノークレームノーリターンでお願いします」と書いてあるからむだだろう。

せめて評価を「非常に悪い」にしたかったが、仕返しにこちらも悪い評価をつけられるかもしれない。それが怖くて評価はしなかった。出品者の住所をストリートビューで見てみたら、そこは住居ではなく月極駐車場だった。

あんなに欲しかった指輪なのに、手元に置いておくのも厭になった。

これと似たようなケースは過去にも聞いた。拙著『怖の日常』所収の「非常に悪い出品者」では、ネットオークションでアンティークドールを購入した女性が怪異に見舞われる。彼女もKさんとおなじく粗悪な人形が送られてきて出品者の住所をストリートビューで見ると、そこは廃墟（はいきょ）だった。

後日、Kさんは不要になった衣類と一緒に指輪をリサイクルショップに持っていった。捨て値でいいから買いとってもらおうと思った。

そのリサイクルショップは近所にできたばかりで店舗が新しい。けれども店に入ると商品はすくなく、雰囲気が暗かった。

応対にでてきた従業員は二十代後半くらいで、ホストっぽい雰囲気の男だった。男は指輪をひねくりまわしていたが、不意にこわばった表情になって、

「これ、どこで買ったんすか」

ネットオークションで買ったと答えたら、男はうなずいた。

が、それから急にそわそわして衣類の査定にひどく時間がかかった。やがて査定が終わると、男は指輪を押しもどして、

「申しわけありませんが、こちらはお買いとりできません」

わけを訊いたら、自分はブランド品の真贋を鑑定できないからだという。

値段は安くていいといっても、かたくなに買いとりを拒む。ふと男が胸からさげているる名札を見ると、名前のイニシャルがRなのに気がついた。

「もしかしたら、このひとが誰かに贈った指輪なんじゃないか――」

そんな偶然があるとは思えないが、怖くなって指輪を買いとってもらうのはあきらめた。リサイクルショップをでたあと、指輪を持っているのがますます厭になった。

といって誰かにあげたり捨てたりするのも気が咎める。悩んだ末、近所の寺へ持っていき境内のベンチに置いてきた。


リサイクルショップは、それから何か月と経たずに閉店した。

従業員の男がなぜ指輪の買いとりをかたくなに拒んだのか、寺のベンチに置いてきた指輪がどうなったのかはわからない。

だが翌年に知りあった現在の夫がはじめてくれたプレゼントは、デザインこそ異なるものの、あのブランドの指輪だったという。

ベランダの写真

介護関係の会社に勤めるIさんの話である。

十二年ほど前の秋だった。

大学生だった彼女は都内のワンルームマンションで、ひとり暮らしをしていた。

深夜、ベッドで熟睡していると、不意に眼が覚めた。

悪夢に魘(うな)されていたような気がするが、内容は思いだせない。

また寝ようと思って目蓋(まぶた)を閉じた。けれどもいったん起きたせいで、なかなか眠れない。そのうちに小腹がすいてカップラーメンを作った。

時刻は二時をまわっている。

卓袱台(ちゃぶだい)の前にあぐらをかいて麵(めん)を啜(すす)っていたら、窓の外が急に明るくなった。誰かがライトを照らしたようにカーテンを透かして丸い光が見える。

「なんだろう――」

立ちあがってカーテンを開けると同時に、光は消えた。

窓の外には、いつもと変わらぬ夜の街並が見える。部屋は五階にあるから車のヘッドライトがあたることもなく、光の原因はわからなかった。

首をかしげて卓袱台にもどろうとした瞬間、足裏がひやりとした。なにかと思ったらフローリングの床が点々と濡れている。知らないうちにカップラーメンの汁か湯でもこぼしたのか。

床を拭いてからカップラーメンを食べ終え、ベッドにもどった。謎の光と濡れた床が気になったものの、空腹がおさまったせいか、こんどはすぐ眠れた。

数日後の夕方、部屋でテレビを観ているとスーツ姿の男がふたり訪ねてきた。

ふたりは警察官だった。なんの用かと訝しんでいたら、

「これを見ていただきたいんです」

警察官は何枚かの写真を差しだした。望遠で撮ったらしく、このマンションのベランダがアップで写っていた。しかも物干し竿にかかった下着やタオルに見おぼえがある。それに気づいた瞬間、背筋が冷たくなった。

「これは、こちらの部屋ですよね」

と警察官がいった。

写真に写っていたのは、まさしくIさんの部屋のベランダだった。

どれも昼間に撮られたもので自分の姿こそ写っていないが、いったい誰が撮ったの

か。警察官にそれを訊くと、はっきりわからないと答えた。

ただ通りのむかい側のマンションで男が変死した。写真はその男の部屋にあったという。変死だから自殺か事故か他殺だろう。男がいつ亡くなったのか訊いたら、ちょうど謎の光を見た夜だった。

警察官は変死した男の氏名を口にして、面識はないかと訊いた。

「ありません――」

Iさんはかぶりを振った。

面識どころか、通りのむかい側のマンションで変死があったのも知らなかった。男の素性を問いただしたが、ふたりの警察官は言葉を濁して去っていった。

「なにがなんだかわかりませんけど、あれが人生でいちばん恐ろしかったです」

男の死因はなんだったのか、
誰がなんのために自分の部屋のベランダを撮影したのか、まったくわからない。

男が変死した部屋は、Iさんとおなじくマンションの五階だったという。

S霊園

わたしの地元にS霊園という墓地がある。

深い森に囲まれた古い霊園で大正時代に造られた貯水池に隣接し、付近には火葬場や南北朝時代に城主一族が討ち死にしたという城址がある。

S霊園や火葬場では過去に自殺者がでており、周辺の道路は交通事故が多発して死亡事故も起きている。貯水池にはかつて釣り客がいたが、ここでも死亡事故が起きたせいか数年前から釣りは禁止になった。

四十年近く前、S霊園から近い道路沿いにいわくつきの廃車があった。

その車の持ち主は若い女性で、車をバックさせようと窓から首をだしているとき、すれちがった車に首を切断されたといわれていた。女性の車は無傷だったから売却されたが、新たな持ち主が次々に変死を遂げたせいで誰も乗る者がいなくなり、現在の場所に放置された。

それでも異変はおさまらず、車に触れた子どもが急死した。近隣住民は災いを恐れて車を動かすことができず、祟りを鎮めるためにお祓いをし、神社を模した屋根で車を覆い注連縄をつけた。

つまり車を祀ったのである。

そんな噂に加えて車種はスカイラインだとかブルーバードだとかクラウンだとか、さまざまな説があった。テレビ局も何度か取材にきたらしい。わたしは当時からそういうものに興味があったので、友人たちとその車を見にいった。

車は道路に面した住宅街の空き地にあった。

空き地は樹木の種類からして、以前は民家があったとおぼしい。車は黒塗りでドアは観音開きだった。神社を模したトタン屋根は崩れ落ち、タイヤは四つともなくなっていたが、なぜか車の周囲に杭が何本も打ちこまれていた。

友人のひとりはふざけてドアを開けようとして、後日ただならぬ怪異に見舞われた。その顛末は過去に書いたので（『怪を訊く日々』幻冬舎文庫「祀られた車」）詳細は省くが、ネットの情報によれば、のちに車を撤去したあと交通事故が頻発したので、その場所には近隣住民によって観音像が建てられたという。

ただでさえ墓地には怪しい噂がつきものだが、S霊園は前述の事故多発地帯や貯水池、いわくつきの車があった土地が近くにあるだけに心霊スポットとして名高い。

S霊園で怪異に遭遇したという話は過去にいくつも聞いた。

なかでも車のトラブルが多い。S霊園についてネットで検索すると、新車のギアが故障したとか車がエンストしたといった書き込みがある。

二〇一六年に怪談専門誌『幽』の取材で文芸評論家の東雅夫さんを現地に案内したときは、担当編集者が運転するレンタカーが霊園内の平坦な場所で突然スリップした。車をおりてみると車体に異常はなく、編集者はなぜスリップしたのかわからないといった。わたしはそのあと帰ったが、東さんたちは車をレンタカー会社へ返却にいった。その際、従業員から車体の傷を指摘された。

なにかで擦ったような傷だったらしいが、S霊園で確認したとき傷がなかったのはわたしも確認している。むろん原因はいまだにわからない。


製鉄会社に勤めるYさんの話である。

二十年ほど前の夜、彼は友人の男性が運転する車でドライブにいった。友人は高校時代の同級生だった。特に目的地はなく、いきあたりばったりで車を走らせていると、

「いまからS霊園いこうや」

友人が不意にそういった。

S霊園が心霊スポットなのは以前から聞いていた。いままで現地にいったことはなかったが、男ふたりの肝試しはつまらない。

「女おらんのに、しょうもないいやん。ほかンとこいこう」

とYさんがいったら、怖いんやろ、なんびびっとんか、と友人はからかう。それが腹立たしくて反対するのはやめた。

車は住宅街を抜けて、緑の多い坂道をかなりのスピードでのぼっていく。途中でS霊園らしい脇道があったが、友人はなぜか速度をゆるめない。

まもなく急なカーブにさしかかって軀が傾いた。

「あぶねえッ。スピード落とせちゃッ」

Yさんは怒鳴ったが友人は答えず、ハンドルにしがみつくようにして車を飛ばす。前方からきたトラックにあやうくぶつかりかけて、心臓が縮みあがった。

やがて車は坂をのぼりきってトンネルを抜けた。友人はそこからすこし走ったところでようやく車を停めた。

「なし、あんなん飛ばしたんか。あぶねえやないか」

Yさんがなじると、友人はハンドルにもたれて大きく息を吐き、

「おまえ見ちょらんのか。後ろに変な車がおったやろうが」

「変な車？」

「シャコタンのヤン車よ。S霊園のあたりから、ずっとついてきちょった」

ヤン車とはヤンキーが好んで乗る車種の意味だが、後続車は見ていない。そもそも友人は喧嘩っ早い性格だから、そんな車がいても怖がらないはずだ。

でいたという。

けれども、あとで車をおりてみると、バンパーが追突されたようにべっこりへこん

Yさんは自分を怖がらせたくて、友人が嘘をついたのかと思った。

「ありゃあ、ふつうの車やないちゃ。だってトンネル抜けたら、ぱって消えたんぞ」

Yさんがそれをいうと友人は真顔で、

飲食店に勤めるNさんの話である。

十一年ほど前の八月の夜だった。当時大学生だった彼女は、彼氏と花火大会にいった。花火を見たあと遅い夕食をとって家路についたのは十一時すぎだった。

彼氏が運転する車は山沿いの県道を走っていく。

助手席から窓の外を眺めていると「事故多発　スピード落とせ」という看板があった。路面にも「スピード落とせ」の文字がある。Nさんはその道を通るのははじめてだったが、それらを眼にして不安になって、

「このへんって事故多いん？」

「うん。やけん、あんまり通りたくないんよ」

彼氏はそういったとたん、あッ、と叫んでハンドルを切り急ブレーキを踏んだ。車はガードレールすれすれに停まり、弾みで前につんのめった。

　Nさんは驚いて、どうしたん？　と訊いた。

　彼氏はこわばった表情で斜め前方を指さして、

「いま、そこに男の子がおった」

　坊主頭で歳は小学校二、三年くらいに見えたというが、道路には誰もいない。不気味に思いつつあたりを見まわすと、右手になにかの入口のような下り坂がある。

「あっちはなんがあると？」

「S霊園」

「なんか怖いね。もういこうや」

　うん、と彼氏は答えたが、なぜかエンジンがかからない。車をだそうと何度試みても反応はない。彼氏はロードサービスを呼ぼうといって携帯をだした。

　ところが画面を見ると圏外になっている。彼氏によれば、ふだんは電話がつながる場所だという。Nさんの携帯もやはり圏外だった。

「やっぱり、なんか轢いたんかもしれん」

　彼氏は狼狽した表情でつぶやくと、運転席のドアを開けて外にでた。なにかにぶつかった衝撃はなかったが、Nさんは不安になって車をおりた。

　彼氏はフロントグリルの前にしゃがんでバンパーの下を覗きこんでいる。

「なんしよるん？　なんかあったん？」

Nさんが訊いても答えない。彼氏は地面に張りつくようにして前輪のあたりを片手で探っていたが、やがてセロハンに包まれた筒状のものを取りだした。なにかと思って眼を凝らした瞬間、背筋が冷たくなった。

それは、枯れてぼろぼろに朽ちた花束だった。

セロハンの根元には、どす黒く変色したリボンが巻かれている。彼氏は地面にしゃがんだまま花束をガードレールの脇に置くと、両手をあわせた。その指がぶるぶる震えているのが夜目にもわかる。

Nさんも恐怖をこらえて彼氏の隣で両手をあわせた。

ふたりはまもなく先を争うようにして車にもどった。彼氏がキーをまわすと、あっさりエンジンがかかり車はようやく走りだした。携帯を見ると、なにごともなかったようにアンテナが立っている。

あの花束は、なんだったのか。

花束のせいでエンストしたとは思えないが、ほかに原因がないのはたしかだった。もっともNさんは、そういう現象をいまも信じていない。

「でも、うちに帰ったら婆ちゃんが起きてたんです。いつもは寝てる時間なのに婆ちゃんは怖い顔して、いままでどこいっとったんね、って――」

日頃の祖母はおだやかだし、そんなことを訊かないだけに不気味だった。

花火にいった帰りにS霊園で怖い目に遭ったといったら、

「お盆の夜にそげなとこいくけんたい。あんたが事故でも遭うちょらせんかと思うて、ずうっと心配しちょったんばい」

祖母はNさんが帰ってくるまで仏壇を拝んでいたという。

あとがき

本書は昨年終刊した怪談専門誌『幽』に連載した「怖の日常」第八回から第十三回までの掲載ぶんに加え、四篇を書きおろした。

この春『幽』は『怪』と合併した新雑誌『怪と幽』としてリニューアルしたが、二〇〇四年の創刊から十四年にわたる歴史に幕を閉じたのは誠に残念である。『幽』の創刊時からすると、怪談実話も当時ほど隆盛ではない。

とはいえ怪談実話の書き手は大勢いるし、動画配信サイトに「怪談」というジャンルがあるくらいだからブームを終えて定着したともいえる。いずれにせよ怪異は市場の動向と無関係で、不可解な体験をするひとびとはあとを絶たない。

二十一世紀になってすでに十八年、元号が令和に変わり、人類史上はじめてブラックホールの撮影に成功する時代にあっても、怪談実話は旧態依然とした聞き書きで、大衆が狐狸妖怪を信じていた遠い昔と大差ない。

けれども地球から五千五百万光年のかなたにあり、太陽六十五億個ぶんの質量を持つブラックホールのほうが、われわれの理解を超えている。一光年は距離にして九兆五千億キロらしいが、その五千五百万倍も離れた場所など想像もつかない。
それにくらべれば西方十万億土にあるという極楽浄土や、弥勒菩薩が五十六億七千万年後に衆生を救済するというほうが、まだ実感がある。科学が発達すればするほど、宇宙の謎はさらに深まっていく。

ミクロの世界においても、量子力学は数々の未解決問題を抱えている。
たとえば量子は波と粒子の性質をあわせ持つ不可思議な存在だが、量子もつれと呼ばれる状態になったふたつの量子は、どれほど離れていても動きが同期する。地球から宇宙の果てであってもそうなるうえに、なんの媒介も必要としないから、光速はもちろん物理法則も超えてしまう。

マクロな世界もミクロな世界も深遠な謎をはらんでいるが、怪談実話の怪異はささやかだ。「こんなものを見た」とか「こんなことがあった」とか、体験者やその周辺のひとびととの話を書き起こしたにすぎない。

科学は再現性と客観性を旨とする。怪異にそれはなく、怪談実話はむろん科学ではない。時間潰しに読んで、怖がるなり不思議がるなりすればいい。

ただ再現性と客観性がないのは、われわれ個人もおなじである。人生は二度と再現できないし、いくら客観的に観察しても他人の心はわからない。みな自分のことすらじゅうぶん理解できず、煩雑なあるいは倦怠な日常に一喜一憂している。

小泉八雲(こいずみやくも)は東大の講義で、超自然な話など信じない、幽霊の話など馬鹿馬鹿しいという学生にむかって「そんなことをいうが、君たち自身、われわれ自身が、一個の幽霊ではないか、まったく不可解な幽霊ではないか」と語った(山田太一編『不思議な世界』ちくま文庫)。

本書に収録された各話は実話に基づくが、体験者のプライバシーや現実の事件との関係を考慮して、人物の設定やその背景に若干の変更を加えてある。

取材にご協力いただいた皆様をはじめ、角川ホラー文庫編集部の光森優子さんに心より厚く御礼を申しあげる。

福澤徹三

二〇一九年六月

本書は、『幽』vol.25(二〇一六年)からvol.30(二〇一八年)まで連載された「怖の日常」をまとめたものです(「三つの事故物件」は角川ホラー文庫『怖の日常』に収録されました)。

「清掃員」「ブランド品の指輪」「ベランダの写真」「S霊園」は書き下ろしです。

S霊園　怪談実話集

福澤徹三

角川ホラー文庫　21732

令和元年7月25日　初版発行
令和6年10月25日　5版発行

発行者――山下直久
発　行――株式会社KADOKAWA
〒102-8177　東京都千代田区富士見2-13-3
電話 0570-002-301（ナビダイヤル）
印刷所――株式会社KADOKAWA
製本所――株式会社KADOKAWA
装幀者――田島照久

ISBN978-4-04-108194-5　C0193

◆◆◆

角川文庫発刊に際して

角　川　源　義

第二次世界大戦の敗北は、軍事力の敗北であった以上に、私たちの若い文化力の敗退であった。私たちの文化が戦争に対して如何に無力であり、単なるあだ花に過ぎなかったかを、私たちは身を以て体験し痛感した。西洋近代文化の摂取にとって、明治以後八十年の歳月は決して短かすぎたとは言えない。にもかかわらず、近代文化の伝統を確立し、自由な批判と柔軟な良識に富む文化層として自らを形成することに私たちは失敗して来た。そしてこれは、各層への文化の普及滲透を任務とする出版人の責任でもあった。

一九四五年以来、私たちは再び振出しに戻り、第一歩から踏み出すことを余儀なくされた。これは大きな不幸ではあるが、反面、これまでの混沌・未熟・歪曲の中にあった我が国の文化に秩序と確たる基礎を齎らすためには絶好の機会でもある。角川書店は、このような祖国の文化的危機にあたり、微力をも顧みず再建の礎石たるべき抱負と決意とをもって出発したが、ここに創立以来の念願を果すべく角川文庫を発刊する。これまで刊行されたあらゆる全集叢書文庫類の長所と短所とを検討し、古今東西の不朽の典籍を、良心的編集のもとに、廉価に、そして書架にふさわしい美本として、多くのひとびとに提供しようとする。しかし私たちは徒らに百科全書的な知識のジレッタントを作ることを目的とせず、あくまで祖国の文化に秩序と再建への道を示し、この文庫を角川書店の栄ある事業として、今後永久に継続発展せしめ、学芸と教養との殿堂として大成せんことを期したい。多くの読書子の愛情ある忠言と支持とによって、この希望と抱負とを完遂せしめられんことを願う。

一九四九年五月三日

忌談3

福澤徹三

思わず本を閉じたくなる実話40本!

社内で起きた盗難事件、深夜に現場を撮影したビデオは封印された(「持ち禁」)。売れないキャバ嬢を大金でホテルに誘った客の正体は?(「実験」)。なぜかからみを厭がるＡＶ女優、監督は撮影を強行したが……(「雨女」)。サクラで出席した結婚式、新婦の過去は空白だった(「虚式」)。訪問販売員が民家で見つけた謎の印が恐怖を呼ぶ(「マーキング」)。思わず本を閉じたくなる、忌まわしい話シリーズ第３弾!

角川ホラー文庫

ISBN 978-4-04-101640-4

忌談4

福澤徹三

一気読み禁止。絶対に後悔します。

誰もが知る有名ブランドショップで封印された怪異（「九つの御守り」）。凄惨な事故現場、押し潰された車体から発見されたのは（「手」）。吐き気を催す食品偽装の実態（「よだれ肉と注水牛肉」）。ＳＭバーで知りあった女の軀は皮膚が削られていた（「傷」）。東京の街角で配られる不気味なナンパメモ（「メモを渡す男」）。美男子の顔がひと眠りした後、怪物に（「再生」）。あの世もこの世も恐ろしい、読むだけで気分が悪くなる大人気シリーズ第４弾！

角川ホラー文庫

ISBN 978-4-04-102329-7

忌談 終（つい）

福澤徹三

読むと人間不信になる戦慄の実話怪談

疎遠だった祖父の葬式に出席した大学生の身体に生じた異変（「血縁」）。キャバクラに居た不思議な力を持つ女のその後（「霊感のある女」）。キャンプ場の木に吊るされていた奇妙なロープ（「縊死体のポケット」）。神社や寺に近付くと体調を崩す女性が交際相手から初詣に誘われて……（「奇縁」）。死者も怖いが、生きている人はもっと怖ろしい、怪異繚乱の全35話。最後まで最悪の読み心地の忌談シリーズ最終巻！

角川ホラー文庫

ISBN 978-4-04-102941-1

怪談実話

黒い百物語

福澤徹三

じわじわ怖い、あとから怖い

怪談実話の名手、福澤徹三が怪談専門誌『幽』連載で5年間にわたって蒐集した全100話。平凡な日常に潜む怪異を静謐な文章がリアルに描きだす。玄関のチャイムが鳴るたびに恐怖が訪れる「食卓」。深夜、寺の門前にいた仔犬の正体に戦慄する「仔犬」。市営住宅に漂う異臭が恐るべき結末に発展する「黒いひと」。1話また1話とページをめくるたびに背筋が寒くなる「読む百物語」。決して一夜では読まないでください。

角川ホラー文庫

ISBN 978-4-04-101077-8

怪談狩り

市朗百物語　赤い顔

中山市朗

あなたの町が舞台かもしれない……

怪奇蒐集家・中山市朗が満を持して放つ、本当に怖い話だけを厳選した百物語、第二弾！　逆さに連なる首を切られたカラスの死骸、お札を貼られた井戸に潜むモノ、誰もいないはずの学校に現れる赤いジャージの少年、深夜の霊園からかかってくる電話……。「霊感はない」と断言する著者が、いわくつきのログハウスで行った怪談会の顛末や自宅で遭遇した怪異も収録。日常の風景がぐらりと揺らぎ、忌まわしいものが忍び寄る——。

角川ホラー文庫

ISBN 978-4-04-105215-0

怪談狩り

四季異聞録

中山市朗

「新耳袋」の著者が綴る本当に怖い怪談集

「怖い怪談は、夏だけのものではない」と断言する怪異蒐集家・中山市朗が、四季折々の行事や情景を織り交ぜながら綴る怪談集。毎年3月3日の朝に天井からバサリと落ちてくる異様なモノ、真夏のキャンプ場に佇む赤いコートの女、幼い兄弟の前に出現したサンタさんの意外な貌、大晦日前日の夜に神社で行われる奇妙なアルバイト……。家族の団欒や友人との思い出に、じわじわ浸食してくる怪異に戦慄する。書き下ろし2篇を収録。

角川ホラー文庫

ISBN 978-4-04-106260-9

怪談狩り

黄泉からのメッセージ

中山市朗

死んでも、伝えたいことがある——

あの世からのメッセージは、さまざまな形でこの世に出現し、私たちに語りかけてくる——。親族に不幸があるたびに夢枕に現れる生首、幼い子どもをひき逃げした犯人を捜し求める刑事が見つけた金属片、夜道に佇む男の子が手にした新聞紙、「俺は16歳までに死ぬ」が口癖だった同級生の家を代々襲う数奇な運命……。日常に潜む小さな違和や怪異を丁寧にすくいあげる。「新耳袋」の著者が全国から蒐集・厳選した、戦慄の怪談実話集。

ISBN 978-4-04-107189-2